Les éditions du soleil de minuit

3560, chemin du Beau-Site, Saint-Damien, (Québec), J0K 2E0

Robert Feagan

Natif de Fort McPherson dans les Territoires du Nord-Ouest, Robert Feagan nous présente son premier roman jeunesse. Enfant, il a accompagné son père, employé par la GRC, et ils ont parcouru ensemble le delta du Mackenzie avec un traîneau tiré par des chiens. Robert Feagan a habité à Yellowknife, Cambridge Bay et Inuvik, et maintenant il réside près d'Edmonton, en Alberta.

Robert Feagan

Napatsi

Traduit de l'anglais par
Sophie Dodart

Les éditions du soleil de minuit

Les éditions du soleil de minuit remercient

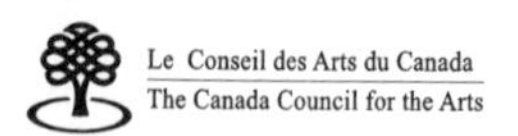

et la

de l'aide accordée à son programme de publication.

Les éditions du soleil de minuit bénéficient également du Programme de crédit d'impôt pour l'édition de livres - Gestion SODEC - du gouvernement du Québec.

Illustration de la couverture : Julie Rémillard-Bélanger
Montage infographique : Atelier LézArt graphique
Révision linguistique : Diane Groulx

Dépôt légal, 1er trimestre 2002
Bibliothèque nationale du Québec
Bibliothèque nationale du Canada

L'édition originale en langue anglaise
de cet ouvrage a été publiée
par Beach Holme Publishing, Vancouver
sous le titre *Napachee*

Données de catalogage avant publication (Canada)
Feagan, Robert, 1959-

[Napachee. Français]

Napatsi

(Roman jeunesse)

Traduction de: Napachee.

ISBN 2-922691-11-X

1. Inuit - Romans, nouvelles, etc. pour la jeunesse. I. Dodart, Sophie, 1966- . II. Titre. III. Titre: Napachee. Français. IV. Collection : Roman jeunesse (Saint-Damien, Québec).

PS8561.E18N2614 2002 jC813'.54 C2001-941848-5
PS9561.E18N2614 2002
PZ23.F42Na 2002

À mon grand-père, Chester Feagan,
ainsi qu'à mes parents Hugh et Marj
qui ont nourri ma vive imagination.

Chapitre 1

Le jeune ours polaire leva la tête et huma la brise qui soufflait sur l'étendue déserte de la toundra arctique. Ce matin de juillet était exceptionnel ; la nuit sans fin des longs hivers du Nord s'estompait pour donner naissance à un « printemps » boréal étincelant. L'ourson, campé sur ses pattes arrières, cherchait en vain à identifier l'étrange odeur qui flottait dans le vent. Il y sentait de la crainte, le goût de l'aventure et la quête d'horizons inconnus. De nouveau sur quatre pattes, l'ourson se mit craintivement en route.

Soudain, un grognement sourd et réprobateur fit sursauter l'ourson. Il fit volte-face et vit sa mère s'approcher. L'ourson la rejoignit en gambadant. Elle le poussa doucement du bout de son museau et le fit basculer sur le dos. Elle le grondait encore de s'être tant éloigné. Elle ouvrit sa large gueule et, de sa langue volumineuse, elle lécha la petite figure angulaire de l'ourson. Elle l'entraîna en direction de l'eau en le redressant d'un léger coup de pattes.

Lentement et avec majesté, la maman ourse suivait son petit, s'arrêtant de temps à autre pour respirer la brise à pleins poumons. Elle connaissait l'odeur de l'homme et le danger qu'il représentait. Elle ne pourrait pas se sentir en sécurité tant que cette odeur ne serait pas loin, très loin.

* * *

Napatsi retint son souffle. Il ferma son œil gauche, observa l'alignement et pressa la détente. Le coup de feu détonnait à ses oreilles, quand il prit conscience qu'il avait fermé ses deux yeux. Il entendit le rire indulgent de son père et sut qu'il avait raté son tir. Amusé, son père pointait du doigt la cible qu'ils avaient installée sur la neige, à quelques mètres de là. Napatsi avait beau la regarder attentivement, il lui fallait admettre qu'elle ne comportait pas la moindre trace d'impact. Complètement manquée !

– Tu dois être patient, dit Ituk. Tu es trop pressé de tirer, alors tu ne réfléchis pas assez. Tes deux mains doivent rester fermes, et il faut que tu appuies sur la gâchette, lentement. Nous chassons sur ces terres depuis de nombreuses années, et c'est notre patience qui nous a permis de survivre. Tu développeras cette patience comme je l'ai fait, et comme l'a fait ton grand-père avant moi.

Ituk regarda son fils. Napatsi avait les beaux traits racés des *Inuit* : ses cheveux lisses et noirs ainsi que ses larges pommettes encadraient de grands yeux sombres en amande et un nez large, mais finement ciselé. Il avait de larges épaules, les bras et les jambes musclés : il était trapu et bien bâti. Le soleil du printemps réverbéré sur la neige arctique avait doré sa peau foncée. Ituk était la réplique de son fils en plus âgé, bien que ses cheveux soient courts et sa bouche plus déterminée.

Napatsi et son père parcouraient le pays depuis presque une semaine, chassant et campant en route. Ils suivaient patiemment les caribous qui étaient maintenant tout proche. Loin dans la toundra, le vent soufflait sans arrêt sur cette immense étendue dépourvue d'arbres. La neige tassée par le vent permettait le passage d'une motoneige très chargée et d'un traîneau.

Au cœur de l'hiver, le soleil disparaissait et plongeait le pays dans l'obscurité, mais on était en juillet et les premiers signes du printemps boréal apparaissaient timidement. Il faisait seulement -10° Celsius aujourd'hui. Aux pieds de Napatsi, les cristaux de neige brillaient sous un soleil étincelant. Le père et le fils portaient tous deux des parkas, des moufles et des pantalons en peau de caribou, des bas de feutre chauds et des bottes de fourrure appelées *kamiik*. Tous ces habits, y compris les bottes, avaient été confectionnés par la mère de Napatsi. D'habitude il se réjouissait des sorties avec son père, mais, ce jour-là, il semblait absent.

– Et si je ne parviens **jamais** à développer la patience ? demanda Napatsi. Que se passera-t-il si je ne parviens **jamais** à devenir un grand chasseur comme tu l'imagines ?

– Tu apprendras, dit doucement Ituk en souriant. Tu apprendras et tu éprouveras la même fierté que celle que tes ancêtres ont éprouvée avant toi.

– Et si je ne tiens pas à apprendre ? s'exclama Napatsi. Et si je ne veux pas être chasseur ?

– Que se passe-t-il ? Pourquoi parles-tu comme ça ? répliqua Ituk, le visage inquiet.

Napatsi avait presque quatorze ans. Depuis quelque temps, il savait que ce pays et la chasse ne l'intéressaient pas. Quand il était plus jeune, il adorait les sorties avec son père. Il savait bien qu'il était déjà très bon chasseur en dépit de ce qu'il venait de dire, mais ça ne l'intéressait plus. La nuit, allongé sur son lit, il rêvait de quelque chose de plus ambitieux, quelque chose que l'on ne peut trouver que dans les grandes villes. Ces grandes villes, il les avait vues à la télé et dans les livres à l'école. Il était fasciné à l'idée de ce qu'il pourrait y découvrir et il avait soif d'aventure.

– Je ne suis pas attaché à cette terre autant que toi, dit tranquillement Napatsi. J'en ai assez du Nord et j'en ai assez de la chasse. Je veux voir une ville, y vivre, expérimenter de nouvelles choses.

Ituk dévisagea son fils. Depuis peu, il sentait que Napatsi s'éloignait de lui. Tout jeune déjà, son fils lui rappelait son propre père. Le garçon avait toujours été chez lui sur cette terre et il avait un don peu commun pour traquer les animaux. Au grand désarroi d'Ituk, tout cela avait changé l'année dernière.

– Tu seras chasseur ! riposta fermement Ituk. Nous avons toujours été chasseurs et nous serons toujours chasseurs ! Ça ne sert à rien de discuter.

– Mais papa, je ne peux pas…

– Assez ! gronda Ituk. Je ne veux plus entendre un mot de ces absurdités. Aide-moi à charger le traîneau, nous rentrons à la maison.

En silence, ils sortirent l'équipement de l'igloo qu'ils avaient construit comme refuge. Ils le chargèrent sur le traîneau bas et plat, un *qamutiik*. En préparation du départ, Napatsi attachait leurs affaires pendant que son père attelait les chiens. Devant le traîneau, les chiens tiraient nerveusement sur les courroies et se dispersaient sur la neige bien tassée. Excités par la perspective du voyage, les chiens s'élancèrent sur un simple claquement de langue d'Ituk. Le père et le fils accompagnèrent le traîneau en trottant à ses côtés. Le *qamutiik* accéléra, et Napatsi se laissa distancer par son père.

Sur la route cahoteuse du retour, Napatsi luttait pour ne pas pleurer. Son père était aveugle ! Le monde avait changé et son père s'obstinait à vivre dans le passé. Tout ce qu'il faisait enrageait Napatsi. Il essayait de comprendre son père, mais plus il essayait et plus ça devenait difficile. On aurait dit qu'ils vivaient dans deux mondes séparés. Son père était né sur cette terre, quarante ans plus tôt, près de Cambridge Bay sur l'île Victoria. Il était un *Inuk* et parlait l'inuktitut. Cambridge Bay était une petite communauté d'un millier de personnes seulement ; il la trouvait petite, mais jusqu'à il y a deux ans, Napatsi l'avait considérée comme son foyer.

Napatsi venait d'avoir douze ans quand son père décida de déménager vers l'ouest, à Sachs Harbour, sur l'île de Banks, où les habitants étaient moins influencés par les habitudes du Sud. Sachs Harbour était encore plus petit que Cambridge Bay ! Les gens qui y vivaient étaient des Inuvialuit et parlaient un dialecte différent nommé l'inuvialuktun.

Napatsi parlait couramment l'inuktitut, et comme l'inuvialuktun était similaire, il pouvait le comprendre et le parler assez bien pour communiquer avec les autres. Mais tous ses nouveaux amis, même s'ils pouvaient parler leur propre dialecte inuvialuktun, préféraient employer l'anglais à l'école et au centre de loisirs.

Le père de Napatsi, lui, parlait en inuktitut et attendait en retour que Napatsi lui réponde de la même façon.

La famille éloignée d'Ituk formait un mélange d'Inuvialuit et d'*Inuit,* et il avait espéré que le déménagement à Sachs Harbour rapprocherait sa famille des cultures véhiculées par les deux régions.

Et comme si la langue ne suffisait pas à le marginaliser, son père avait aussi de vieilles coutumes démodées. La plupart des gens utilisaient des tentes de toile quand ils allaient à la chasse, portaient des parkas achetées à la coopérative locale et fonçaient sur la glace avec leur motoneige. Le père de Napatsi, lui, s'obstinait à découper des blocs de neige pour construire des igloos lors de leurs sorties sur les terres, portait des habits de caribou confectionnés par la mère de Napatsi et utilisait des traîneaux tirés par les chiens pour la chasse.

Pendant le trajet cahoteux du retour, Napatsi contempla la mer de glace. Le soleil et la neige chauffaient son visage, et le sommeil commençait à le gagner. Ses pensées furent enveloppées d'une brume confortable et l'entraînèrent dans un monde imaginaire. Il se sentait dériver vers une faible lueur dans le lointain. Dans le rêve, l'éclat s'intensifia pour éclater en lumières attrayantes, les lumières d'une ville, loin sur l'horizon.

*   *   *

Les jours passaient et le soleil se hissait toujours plus haut sur l'horizon. Pourtant, on aurait dit un éternel coucher de soleil : orange, rose et bleu. L'ourson polaire observait Upik, le harfang des neiges, évoluant haut dans le ciel à la recherche d'une proie. Le jeune ours était hypnotisé par le vol de l'oiseau qui évoquait des mouvements de ballet ; l'oiseau planait et virevoltait sur les courants d'air ascendants. Il semblait suspendu, immobile, puis sans crier gare fondit sur une proie invisible pour l'ours. Le ciel explosa en un nuage de plumes blanches, et un lagopède qui ne se doutait de rien fut happé en plein vol, puis tomba au sol en une spirale mortelle.

La neige craquait sous les pattes de l'ourson, il grimpa d'un bond sur un large monticule et put ainsi avoir une vue panoramique du paysage environnant. Soudain il entendit un bourdonnement encore faible, mais qui se rapprochait. Il n'avait jamais entendu ce bruit auparavant, et malgré le danger pressenti, il continua à gravir l'amoncellement de neige. Il posa ses pattes au sommet du banc de neige et leva son museau pour scruter l'horizon. Une rafale de vent le gifla tandis qu'un bruit assourdissant bourdonnait à ses oreilles. Une énorme créature s'éleva dans les airs en rugissant de toutes ses forces. L'ourson fit demi-tour et dévala la colline.

Étourdi par sa descente rapide, l'ourson secoua la tête avant de reprendre sa course. Au-dessus de lui, la monstrueuse créature le suivait. Son ombre immense dansait sur la neige étincelante. Tout à coup, l'ourson ressentit une violente douleur dans son dos, et s'écroula sur le sol. Il essaya de se relever, mais n'y parvint pas, une sécheresse inhabituelle emplissait sa gueule.

L'ourson gisait sur le flanc, la langue pendante. Il tourna les yeux vers le ciel et vit le monstre juste au-dessus de lui. De l'air chaud balayait son museau et faisait tournoyer la neige autour de lui. La forme descendit lentement et se déposa non loin du corps inanimé. L'ourson sombra dans les ténèbres. Deux étranges visages se profilèrent devant ses yeux, puis ce fut le noir complet.

* * *

Cette nuit-là, le centre communautaire donnait un festin. Les caribous étaient rares près de Sachs Harbour (ils ne nageaient pas volontiers jusqu'à l'île) et les chasseurs venaient de rentrer avec une belle prise à partager avec les Aînés et ceux qui n'avaient pas pu participer à la chasse.

Napatsi écoutait les tambourineurs raconter leurs épopées au rythme des chants et des danses. Les tambours étaient fabriqués avec des peaux d'animaux tendues par des cerceaux de bois. Les danseurs décrivaient l'histoire de la chasse et mimaient la capture des animaux à l'aide de leur corps. Ils se démenaient au rythme des chants en inuvialuktun ou en inuktitut. Napatsi observait plus particulièrement un des danseurs qui avançait vers lui en mimant le lancer du harpon.

Napatsi avait toujours aimé écouter les histoires de son grand-père, et des Anciens en général, mais ce soir-là, il ne parvenait pas à se concentrer sur les chants de la chasse. Il se remémorait sans cesse la dispute avec son père. Chaque fois qu'il essayait de lui parler de la vie dans le Sud ou de ce qu'il avait appris à l'école, son père changeait de sujet. À Noël, quand il lui avait demandé un ordinateur, son père lui avait offert un fusil à lunette. Quoi qu'il dise, son père refusait de l'écouter. C'est uniquement grâce à l'aide de sa mère qu'il avait pu convaincre son père de lui commander des vêtements plus modernes confectionnés dans le Sud.

Et maintenant, sa mère lui demandait :

– Qu'est-ce qui se passe ? Tu n'es pas avec nous ce soir.

– Aujourd'hui, j'ai dit à papa que je ne voulais pas être chasseur, mais il n'a pas voulu écouter. Il ne se soucie pas de mes désirs ; il ne tient compte que des siens.

– Ton père t'aime beaucoup, Napatsi, mais ce que tu dis l'inquiète. Les habitudes du Sud sont très différentes des nôtres et la ville n'a jamais été un endroit accueillant pour notre peuple. Ituk veut ton bonheur, mais il ne sait pas comment te l'exprimer. Sois patient. Tu seras bientôt assez grand pour décider toi-même de ce que tu veux vraiment, et ton père acceptera ta décision.

– Il ne me comprendra jamais. Parfois, j'ai l'impression que personne ne peut me comprendre. Chaque jour, je vois les mêmes têtes, et jamais rien ne change. Il me faut moins de dix minutes pour parcourir le village d'un bout à l'autre. Papa dit que le pays nous appartient et qu'il garde nos esprits libres. Il a tort ! Ce pays, et cet océan qui l'entoure, est un piège ! Un piège qui me retient prisonnier et qui ne me permet pas de découvrir le monde auquel j'appartiens !

Napatsi devint silencieux et laissa son regard errer dans la salle bondée.

– J'ai entendu dire qu'il y avait des hommes blancs du Sud, au village. Panik les a vus aujourd'hui. Demain, j'irai leur rendre visite.

– Ne l'encourage pas, Talik !

Le père de Napatsi avait surpris leur conversation, et s'interposa avec colère.

– Tu ne sais rien du monde et tu n'as pas encore l'âge de savoir où se trouve le bien. Que de bavardages sur les ordinateurs, et la télévision, et la ville ! Si les enfants continuent à partir pour le Sud et n'accordent plus aucun intérêt à nos traditions, elles disparaîtront sous peu. Tes amis ne parlent même pas leur propre langue ! Ils regardent la télévision, au lieu d'aller chasser avec leur père. Ou alors, ils traînent au centre de loisirs le soir, au lieu d'écouter les récits des Anciens. Qu'est-ce que tout ça va nous apporter de bon ? Plus tu vas à l'école et plus tu veux partir vers le Sud. Tu ne dois plus parler de tout ça, Napatsi ! Notre mode de vie nous a convenu pendant des siècles, il sera bien assez bon pour toi ! Tu ne t'approcheras pas des hommes blancs. Tu viendras plutôt avec moi demain quand je partirai pour la chasse.

Ceci dit, Ituk fit volte-face.

– Tu es aveugle, papa ! Ne peux-tu

voir que notre propre communauté décroît chaque jour ? Un à un, chacun se dirige vers le Sud et y trouve un véritable emploi. Le mode de vie des Blancs est meilleur que le nôtre !

– Ça suffit ! l'interrompit furieusement Ituk.

Napatsi se leva brusquement et traversa en trombe le hall bondé. Ituk remarqua la rage accumulée dans les yeux de Napatsi avant de le voir disparaître dans la foule. Ce visage furieux qu'il venait de voir était celui de son fils, mais un fils qu'il n'avait plus l'impression de connaître.

– Je ne sais pas ce qu'il attend de moi, Talik, dit Ituk à sa femme. Je le regarde et je vois le même enfant que celui que j'ai toujours connu. Mais dès que je lui parle, je m'aperçois que la ressemblance est uniquement physique. Quoi que je dise, il refuse d'accepter que je sache ce qu'il y a de mieux pour lui.

– C'est encore un enfant, répondit

Talik, mais cet enfant se bat avec l'homme qui grandit en lui. Il est confus. Tu dois être patient. Je vais le rejoindre et essayer de lui parler, dit-elle en scrutant la foule à la recherche de son fils.

Découragé, Ituk quitta la salle lentement.

– Pourquoi papa ne peut-il pas comprendre ? s'exclama Napatsi au moment où elle s'assit auprès de lui. Chaque fois que je veux faire quelque chose ou que je veux dire ce que je pense, il rejette toutes mes idées. Il me traite comme un bébé !

– Il essaie simplement de faire ce qu'il pense être le mieux pour toi.

Talik se rapprocha et posa doucement sa main sur les épaules de son fils. D'un geste, Napatsi la repoussa et se leva brusquement. Il fallait qu'il sorte de là ! Il se fraya un chemin à travers la foule, poussa la porte et pénétra dans l'obscurité de la nuit. Il courut à perdre haleine, d'une maison à l'autre, jusqu'à la mer glacée du port. À bout de souffle, il s'effondra et roula sur le dos. Haut dans le ciel, il pouvait voir le tourbillon bleu et vert de l'aurore boréale. Ses larmes lui brouillaient la vue et les nuages prirent la forme du visage de son père. La buée glacée qui s'échappait de sa bouche monta dans le ciel de la nuit.

Chapitre 2

En reprenant conscience, le jeune ours polaire frissonna. Il entendait vaguement des sons qui ne lui étaient pas familiers, et ce qu'il entrevoyait ne lui rappelait rien. Les yeux encore mi-clos, il ressentit une terrible douleur lui traverser la tête, et enfin les barreaux de la cage lui apparurent nettement.

James Strong avait capturé beaucoup d'animaux dans sa longue carrière de conservateur de zoo. Son équipe et lui avaient capturé cet ourson polaire en hélicoptère. L'ourson avait été une cible facile pour le fusil tranquillisant.

Maintenant James était soulagé de voir l'ourson se réveiller. Il dormait depuis bien trop longtemps, et James commençait à se demander s'il n'avait pas exagéré la dose d'anesthésiant qu'ils lui avaient administrée.

– Doucement. Tu vas te sentir engourdi encore un moment, mais ça va aller mieux. Tu auras tout le temps de te reposer pendant le voyage à venir.

James avait fait le trajet jusqu'à Sachs Harbour pour accomplir une et une seule tâche : capturer deux oursons polaires et les transporter au zoo d'Edmonton. Il vouait sa vie à la préservation de la vie sauvage et voyait le zoo comme une manière d'éduquer les gens. Une façon de leur apprendre à respecter les animaux et leur place dans la nature.

L'ourson oscilla sur ses pattes et regarda à travers les barreaux. Il retrouvait peu à peu sa confiance en lui. Il grogna et se tassa dans le fond de sa cage.

– Regardez-moi ça ! Il est à peine debout qu'il faut déjà que je lui enseigne la discipline, grommela Jarvis, l'assistant de James.

Pour Jarvis, les animaux n'étaient qu'un maillon dans son travail ; ils devaient être capturés, cassés, dressés et vendus. Cet homme avait le parfait physique de la brute épaisse. De gros bras et de solides jambes, et ce qu'il perdait en taille, il le compensait par sa force et son mauvais caractère. Il se rasait rarement. Son énorme ventre recouvrait à peine son t-shirt sale. Les autres membres de l'équipe le craignaient, et lui obéissaient à contre-cœur.

Jarvis introduisit une clef dans le cadenas et ouvrit lentement la cage.

L'ourson grogna plus fort et prit appui sur les barreaux.

– Hé ! je vois que tu possèdes le goût de la bagarre ! dit Jarvis en ricanant.

Il attrapa une petite trique large juste à côté de lui. Avant que James n'aie eu le temps d'intervenir, Jarvis s'était rapproché et avait levé le bâton pour frapper.

– Est-ce que je peux vous aider à

soigner cet ours ? s'exclama Napatsi, sortant de l'ombre d'où il observait la scène.

– Garde tes distances, gamin, répliqua Jarvis de sa voix rauque. Il est temps que j'apprenne à cet animal qui est le chef ici !

– Du calme, Jarvis, interrompit James. Tu n'as pas à faire une chose pareille !

Et il lui arracha la trique des mains. Il se dirigea ensuite vers Napatsi et il lui tendit la main en guise de bienvenue.

– Je m'appelle James, et toi, qui es-tu ?

– Napatsi. Je vis ici et je peux m'occuper de l'ours pour vous. Je peux le nettoyer, le nourrir ou toute autre chose dont vous auriez besoin ! Je ne vous causerai aucun ennui et je ferai attention à ce que l'ours ne vous en cause pas non plus. Je peux le nourrir le matin et à midi, et l'après-midi je peux nettoyer sa…

– Du calme, coupa James, amusé. Si

c'est si important pour toi, tu peux t'occuper de l'ours, à condition que tes parents ne voient pas d'inconvénient à ce que tu passes ton temps ici. Je ne rejette pas ton aide : un coup de main ne nous fera pas de mal. Par contre, je ne pourrai pas te payer beaucoup.

– Je n'ai pas besoin d'être payé, dit Napatsi ravi, en essayant tant bien que mal de retenir son excitation.

– Sois là demain matin à 7 heures. Comme je te l'ai dit, si tes parents sont d'accord, je n'y vois aucun inconvénient.

Napatsi repartit chez lui en courant. De loin, il repéra son père qui nourrissait les chiens, et son cœur chancela. Son père n'accepterait jamais !

Après leur dispute d'hier, travailler pour des hommes du Sud serait la dernière chose au monde qu'il permettrait.

Napatsi entendit à peine le salut de son père, il ne réussit qu'à émettre un sourire forcé en passant devant lui. En entrant dans sa chambre, il se laissa tomber sur son lit. Il savait deux choses : il était incapable de demander à son père l'autorisation de s'occuper de l'ours, et il ne voulait pas rater l'occasion d'être avec des hommes du Sud.

*   *   *

James avait prévenu Jarvis qu'il n'approuvait pas l'utilisation de triques et autres armes pour dresser les animaux. James avait même menacé de le renvoyer si jamais il le voyait une fois encore tenter de battre un animal.

Mais dans l'immédiat Jarvis ne semblait pas en tenir compte. Il s'approcha lentement de la cage, sortit la trique de sa poche et s'arrêta sans bruit devant les barreaux. L'ourson s'était pelotonné dans le fond de la cage et dormait paisiblement. Jarvis fit claquer sa trique contre la porte et l'ourson se dressa d'un bond sur ses pattes arrières. Les yeux encore dans le brouillard, son odorat lui permit immédiatement de savoir qui était là. Il montra les dents en grognant, et recula pour s'aplatir complètement au fond de sa cage.

En ouvrant doucement la porte de la cage, Jarvis ricana et se campa sur ses jambes devant l'entrée.

* * *

Napatsi se leva d'un bond et se demanda s'il n'avait pas dormi trop longtemps.

La stupeur passée, il se laissa aller sur son lit en se frottant les yeux pour en chasser le sommeil. Il avait passé une nuit agitée, se tordant et se retournant sans cesse. Chaque fois qu'il avait fermé les yeux, il avait vu le visage furieux de son père. Maintenant, étendu dans le noir, il se demandait s'il devait vraiment aller vers les hommes du Sud. Si son père l'apprenait, il aurait vraiment de gros ennuis. Mais s'il n'y allait pas, il regretterait toujours ce qu'il aurait manqué.

Il avait appris que Jarvis et James venaient d'Edmonton. Beaucoup de ses amis y étaient déjà allés, mais lui n'avait jamais eu l'opportunité de visiter cette ville. Bien sûr, il y avait d'autres Blancs qui vivaient à Sachs Harbour : les enseignants et les employés du gouvernement. Mais la plupart d'entre eux vivaient dans le Nord depuis très longtemps et ne parlaient pas souvent de leur vie d'avant. Pour une fois, il avait la chance d'avoir des informations toutes fraîches.

Quand Napatsi arriva au camp, les hommes étaient déjà levés et s'affairaient autour du matériel. Ils semblaient se préparer à partir. Napatsi repéra James et se dirigea vers lui.

– Bonjour. Tu arrives juste à temps, dit James

– Vous partez déjà pour le Sud ?

– Non. Nous sortons une dernière fois avec l'hélicoptère pour tenter de capturer un deuxième ourson. Notre contrat était de rapporter deux oursons pour le zoo.

C'est notre dernier jour ici, alors si nous n'en attrapons pas un aujourd'hui, tant pis.

Napatsi sentit une main épaisse lui étreindre la nuque. Jarvis, qui les avait rejoints pendant la discussion, tendit un seau à Napatsi.

– D'abord, nettoie la cage. Tu peux utiliser ce seau pour la laver, et là-bas tu trouveras de la paille propre à étendre sur le sol. Une fois que ce sera fait, tu lui donneras une partie de la nourriture près de la tente.

– Je ne pense pas que ce soit une bonne idée, Jarvis, ça peut être dangereux, dit James.

James se tourna alors vers Napatsi.

– Nous serons partis toute la journée, il vaudrait donc mieux que tu nourrisses l'ourson à travers les barreaux de sa cage pour le moment. Quand nous serons revenus pour t'aider, tu pourras nettoyer la cage. N'essaie pas d'ouvrir la porte de la cage pendant que nous ne serons pas là. À tout à l'heure.

Là-dessus les deux hommes partirent, laissant Napatsi à sa nouvelle tâche. Il empoigna le seau et se dirigea vers la cage. En voyant Napatsi, l'ourson grogna et se retourna dans sa position habituelle, contre les barreaux au fond de la cage.

– *Qanuitpiit ?* demanda Napatsi, se surprenant lui-même à parler à l'ourson en inuktitut. Je ne te ferai pas de mal. Tu dois avoir faim. Je vais chercher ta nourriture.

Napatsi entra dans la tente et repéra les poissons congelés parmi les provisions que les hommes avaient apportées.

L'ourson ne grognait plus maintenant. Les hommes avaient dit de ne pas ouvrir la cage du jeune ours, mais

Napatsi saisit quand même la poignée. Quel danger pouvait-il bien y avoir ?

– Là, tout doux, petit. N'aie pas peur, je ne te ferai aucun mal.

Cette fois, l'ourson ne grogna pas et ne se réfugia pas dans le fond de la cage. Il resta assis sans bouger quand Napatsi ouvrit la cage. Il l'observa remplir les bols d'eau et de nourriture. Napatsi regarda le petit ourson et tenta tout doucement de toucher sa fourrure. Il avança la main délicatement sur la tête de l'ourson. Celui-ci grogna.

– Qu'est-ce que c'est que ça ?

Napatsi avait repéré une grosse bosse sur le côté de la tête de l'ourson. Il essaya d'inspecter la blessure de plus près, mais l'ourson gémit et recula. Après quelques secondes, il put à nouveau poser sa main sur la tête de l'ourson et le caresser. Il trouva une série de bosses, et du sang coagulé le long de son oreille gauche.

Juste à ce moment-là, sa sœur Panik

l'appela. Elle portait un *amauti* confectionné par sa mère dans la capuche duquel se trouvait le petit frère de Napatsi.

– Viens vite. Papa te cherche et tu ne dois pas être en retard !

– Comment m'as-tu retrouvé ?

– Maman a pensé que tu devais être ici et elle m'a demandé de venir te chercher tout de suite.

Napatsi referma précipitamment la porte de la cage et posa le seau avant de partir avec sa sœur.

– Je reviendrai plus tard, petit ours, cria Napatsi par-dessus son épaule.

L'ourson dressa la tête, intrigué, en les regardant s'éloigner. Seul dans sa cage, il se laissa retomber au sol et lécha délicatement ses blessures.

* * *

Napatsi trouva la matinée interminable. Il travaillait machinalement avec son père sans entendre ce qu'il disait. Napatsi était sûr que Jarvis avait quelque chose à voir avec les bosses qui couvraient le corps du jeune ourson. Il n'avait pas été frappé par accident.

– La bobine ! Napatsi, passe-moi la bobine !

Napatsi émergea de ses pensées et passa à son père la bobine de fil qu'ils utilisaient pour réparer les filets de pêche. Ils se servaient des filets pour attraper des ombles de l'Arctique. Napatsi aimait l'omble, particulièrement lorsque sa mère prenait le poisson frais, le glaçait par tranche avant de le couper en menus morceaux et de le servir cru. Cela s'appelait le *quaq*. Le caribou pouvait être cuisiné de la même manière, mais Napatsi préférait le *quaq* d'omble.

– Joseph a un nouveau chien, il veut que j'aille le voir. Est-ce je peux y aller avant que la nuit ne tombe ? demanda Napatsi.

Il se sentait coupable de ce mensonge.

Son père lui donna la permission.

– Sois à l'heure pour le repas !

Le temps que Talik apporte sa tasse de café à Ituk, la porte de la véranda avait déjà claqué. Ituk prit tranquillement sa tasse.

– Qui peut comprendre ces jeunes ? On dirait que plus ils en savent, plus ils veulent ce qu'ils n'ont pas. Ils veulent tous partir pour Inuvik, Yellowknife ou pour le Sud. Vont-ils abandonner leurs aînés ?

Talik le réconforta d'un regard, puis Ituk retourna à la réparation de son filet.

Une fois hors de vue de son père, Napatsi troqua son bonnet de fourrure contre une casquette de base-ball. Tout en errant le long de la route, il contemplait la vaste plaine de glace. La route ne dépassait pas le village. La seule façon de se rendre à un autre village était de prendre l'avion ou de traverser océans et terres à pieds. Il s'imaginait la vie de l'autre côté de cet océan. Il avait déjà été à Inuvik, mais jamais à Yellowknife ou à Edmonton. Napatsi observa ses pieds qui faisaient craquer la neige compactée.

– Napatsi ! Viens voir !

Tiré de ses pensées, il se retourna pour saluer Joseph qui l'appelait des marches du centre de loisirs.

– Si je ne t'avais pas appelé, tu serais passé tout droit, dit Joseph.

– C'est encore à cause de mon père, soupira Napatsi. Il ne comprend rien à mes désirs. Je pense qu'il fait exprès de ne rien comprendre.

– Il est du genre vieux jeu, mais que veux-tu y faire ? Mon père ne me comprend pas non plus. J'ai abandonné.

– Joseph, moi-même la plupart du temps je n'arrive pas à te comprendre, alors comment veux-tu que ton père y parvienne ?

Les deux garçons se regardèrent et éclatèrent de rire en entrant dans le centre de loisirs.

– J'ai vu ton père hier avec les chiens

et le traîneau. Est-ce que vous repartez à la chasse ? Moi, j'ai expliqué à mon père que j'avais des choses bien plus intéressantes à faire.

– Comme jouer au *foozeball*, acquiesça Napatsi.

Les deux amis se rendirent à la table de *foozeball* et engagèrent le jeu. Chaque jour était identique : l'école, la salle des loisirs, le centre communautaire, les jeux vidéo et la chasse. Jamais rien ne changeait ! Napatsi aimait ses amis ainsi que le hockey et le volley-ball, mais il était impossible que la vie se limite à ces activités-là.

– Youpi ! s'écria Joseph lorsqu'il eut gagné la partie.

– Je ne me suis pas très bien concentré. Je n'arrive pas à penser à autre chose qu'à la dispute avec mon père.

Joseph regarda par-dessus l'épaule de Napatsi et mit un doigt sur ses lèvres pour lui signifier de se taire. Napatsi se retourna et vit son père qui approchait.

– On y va, Napatsi, dit fermement Ituk.

– Mais je viens juste de commencer à…

– Napatsi, je n'ai pas le temps de discuter avec toi. La glace est parfaite pour la chasse au phoque et je veux que tu m'accompagnes.

Napatsi ouvrit la bouche pour répondre, mais il se ravisa avant même d'avoir prononcé un mot. Il suivit son père jusqu'à la porte, et se retourna juste à temps pour voir Joseph marcher vers les autres en secouant la tête.

Napatsi marcha derrière son père jusqu'au traîneau. Ils traversèrent ensuite le port, le village s'éloignait rapidement. Le temps était magnifique, et malgré sa mauvaise humeur Napatsi se tourna vers le soleil et apprécia la chaleur sur son visage. La réverbération était intense, il dut mettre ses lunettes de soleil pour se protéger de l'éclat de la neige. Encore heureux qu'il n'ait pas à porter les vieilles lunettes en bois que son grand-père avait un jour laissé traîner !

Il imagine bien la réaction de Joseph et de ses autres amis s'ils le voyaient avec une antiquité pareille !

Ils s'approchaient d'un plan d'eau à découvert lorsque Ituk ordonna aux chiens de s'arrêter. Il sauta du traîneau, s'avança jusqu'au bord de l'eau et s'agenouilla pour examiner la neige. Quelques poils de fourrure et des traces près de l'eau indiquaient que plusieurs phoques s'étaient prélassés au soleil, peu de temps avant leur arrivée. Satisfait, Ituk rejoignit le traîneau. Il détacha soigneusement la bâche et en sortit avec précaution le harpon que le grand-père de Napatsi utilisait il y a de nombreuses années.

– Aimerais-tu essayer aujourd'hui ?

Napatsi refusa d'un signe et détourna le regard. Il ne voulait pas voir le visage découragé de son père.

Ituk s'installa au bord de l'eau. Presque tous les chasseurs se servaient d'un fusil pour chasser le phoque, mais Ituk aimait mieux se servir d'un harpon comme son père l'utilisait avant lui. Cela exigeait beaucoup de patience, il fallait rester assis des heures au bord de l'eau à attendre qu'un phoque remonte à la surface pour respirer ou se dorer le museau au soleil. Napatsi s'étendit sur le traîneau et ferma les yeux.

Une demi-heure plus tard, un bruit sourd tira Napatsi de ses rêves. Il s'assit. Son père avait harponné un phoque et, en expert, l'avait rapidement hissé sur la glace. Agenouillé aux côtés de l'animal, Ituk ramassa une poignée de neige et se la mit dans la bouche. Il ouvrit la gueule du phoque et cracha la neige fondue à l'intérieur. Cette marque de respect était une tradition dans l'est de l'Arctique.

Ainsi, Ituk remerciait l'animal d'avoir donné sa vie pour subvenir aux besoins du chasseur et de sa famille.

S'approchant du traîneau, il s'adressa calmement à son fils :

– Tu aimais tellement aller à la chasse. Tu aimais écouter les récits sur les esprits des morts qui se réincarnaient dans le corps d'un animal. Souviens-toi de ce que les Aînés enseignaient sur la communication avec les animaux.

Napatsi voulait répondre, mais resta muet. Son père avait capturé le phoque, et Napatsi était pressé de rentrer pour finir sa tâche auprès du jeune ours avant que les hommes blancs ne reviennent.

Même si Napatsi ne disait rien, Ituk remarquait bien le regard absent de son fils. Le cœur gros, il attacha sa prise au traîneau et entama le chemin du retour.

Arrivé chez lui, Napatsi se changea rapidement et partit pour le campement des hommes blancs, à dix minutes du terrain d'atterrissage.

Les hommes n'étaient pas encore rentrés de leur journée de chasse. Tout était calme et désert.

Napatsi s'approcha lentement de la cage de l'ours et regarda à travers les barreaux. L'ourson était en train de faire sa sieste et sursauta à son approche.

Napatsi sourit. L'ourson pencha la tête et tendit l'oreille.

Napatsi entendit un bruit, se retourna et vit Jarvis qui l'observait d'un air dégoûté.

– Prendre soin de cet ourson est un travail d'homme et si tu n'es pas capable de t'en montrer digne tout de suite, alors tu n'as plus qu'à partir !

Napatsi était tellement absorbé par son travail qu'il n'avait pas entendu l'hélicoptère atterrir non loin de là. Les hommes y avaient passé la journée, mais n'avaient pas trouvé d'autre ourson. Ils étaient tous maussades, mais Jarvis en particulier avait de l'agressivité à revendre.

Jarvis lui tourna le dos et se dirigea vers les autres. Napatsi ne pouvait pas entendre ce qui se disait, mais comprenait qu'il s'agissait d'une décision à prendre. Napatsi s'approcha d'eux et James dicta ses instructions.

– Notre avion-cargo part tôt demain matin, c'est donc le dernier travail que nous avons pour toi. Je vais faire venir un des hommes pour t'aider à nettoyer la cage.

– Ce n'est pas la peine. L'ourson m'aime bien, et déjà depuis ce matin. Regardez.

Napatsi ramassa une brassée de paille, se dirigea vers la cage et ouvrit la porte. L'ourson n'était pas effrayé, il huma la paille avec intérêt.

Quand le museau humide de l'ourson entra en contact avec la joue de Napatsi, celui-ci sursauta. Ce qui eut comme conséquence de faire bondir l'ourson. D'une main, Napatsi caressa l'ourson derrière l'oreille et de l'autre lui tendit la paille. Il avait une idée.

– Je vais t'appeler Qagijuk, « celui qui est fort » en inuktitut. Peut-être que ce nom nous portera bonheur et te rendra assez fort pour nous libérer tous les deux de nos cages. Maintenant, il me faudrait plus de paille, un soupçon de coopération et un peu de chance, murmura-t-il.

Chapitre 3

Les yeux de Qagijuk s'ouvrirent et l'ourson renifla l'air avec hésitation. Quelque chose avait perturbé son sommeil. Il referma doucement ses yeux et retourna dans son lit de paille.

Une silhouette sombre se dissimulait du côté de l'entrepôt. La forme se baissa, courut derrière la cage et attendit. On entendait la voix des hommes blancs, et l'odeur de la fumée de leur cigarette flottait dans l'air froid de la nuit.

Qagijuk s'éveilla et se raidit en entendant la porte de la cage s'ouvrir. Il tenta de percer les ténèbres et retroussa ses babines, prêt à grogner. Une main étreignit fermement son museau, et l'ourson émit un petit couinement.

*   *   *

Aux abords du campement, Jarvis tira une dernière bouffée de sa cigarette avant de la jeter dans l'obscurité. Aidé de tous les hommes de l'équipe, il embarqua la cage dans laquelle se trouvait l'ourson. Elle fut placée sur le traîneau derrière la motoneige et attachée solidement avec des cordes. L'ourson était paisiblement étendu sur le sol de sa cage. Napatsi lui avait préparé un nid de paille profond et douillet. Dans l'air du petit matin, seuls le haut de sa tête et ses yeux dépassaient.

– Il sera à l'aise avec toute cette paille. Le gamin a fait du bon travail. Je me demande où il est passé ? Il avait dit qu'il viendrait nous dire au revoir avant notre départ, dit James avec une certaine inquiétude dans la voix.

La motoneige démarra brusquement et se dirigea vers la piste d'envol. Quelques minutes plus tard, elle était arrêtée devant la porte de fret du cargo et les hommes embarquaient la cage dans la cale. Ils veillèrent à ce qu'elle soit bien arrimée avec les courroies qui pendaient des travées, au mur du cargo. Jarvis vérifia leur solidité en tirant dessus et frappa bruyamment sa trique sur les barreaux de la cage.

La porte de la cale se ferma dans un bruit de claquement sourd et l'ourson frissonna. Les moteurs commencèrent à tourner, l'avion vrombit, la cale s'ébranla. Aux pieds de l'ourson, la paille crissa et la tête radieuse de Napatsi en sortit.

– Nous volons, Qagijuk ! Ça y est ! Nous partons à l'aventure !

* * *

Jusqu'à ce jour, Napatsi n'avait pris l'avion qu'une fois. C'était à l'occasion de leur déménagement de Cambridge Bay à Sachs Harbour, mais le vol n'avait rien de similaire à celui-ci ! La cale du cargo était sombre et très froide. Il n'avait pas mangé depuis la veille et son ventre lui rappelait qu'il était tenaillé par la faim. Mais lorsqu'ils entrèrent dans une zone de turbulence, la faim fut reléguée au second plan. Il était bien trop malade pour imaginer manger quoi que ce soit ! Quant à Qagijuk, le voyage le terrifiait, il se vautra dans un coin, le museau caché entre les pattes. Il observait Napatsi recroquevillé sur lui-même qui se tenait et se malaxait le ventre. Napatsi gardait les yeux clos et tentait de penser à des souvenirs agréables pour détourner son esprit de la faim et de la suite des événements.

* * *

Après quelque temps, Napatsi perçut un changement dans le son de l'avion. Dans ses oreilles, la pression se modifiait de telle sorte qu'il comprenait que l'avion avait entamé la descente. Cette nouvelle situation lui fit oublier son inconfort, car il lui fallait rapidement regagner son abri sous la paille et attendre que l'avion atterrisse.

Ils touchèrent bientôt le sol, roulèrent sur la piste et s'arrêtèrent enfin. Napatsi entendait des voix à l'extérieur du cargo. Quand la porte s'ouvrit, une bouffée d'air frais s'engouffra dans la soute. Des gens s'agitèrent tout autour, puis s'éloignèrent après quelques minutes. Quand la porte fut refermée tout devint silencieux. Très vite, l'avion brinquebala, gagna de la vitesse, s'élançant à toute allure sur la piste d'envol et décolla.

L'avion avait certainement fait cette escale à Inuvik, pour prendre de l'essence avant de continuer sa route vers le sud. Au grand soulagement de Napatsi, le voyage était maintenant plus tranquille, et il se laissa glisser dans un sommeil réparateur. L'ourson, lui, était assommé par l'altitude, et jusqu'à la fin du voyage il ne parvint à trouver le sommeil que par intermittence. Napatsi se réveilla avec un bourdonnement dans les oreilles, elles se débouchaient par à-coups. Il n'avait aucune idée du temps qu'il avait passé à dormir. L'avion semblait perdre de l'altitude, les moteurs avaient une sonorité différente, Napatsi percevait un changement de direction.

De toute évidence, l'avion devait atterrir à Yellowknife, car seules les pistes d'atterrissage des villes étaient pavées ! Une fois encore la porte s'ouvrit, et des hommes se hissèrent dans la soute du cargo. Un flot de paroles parvint aux oreilles de Napatsi.

De ce qu'il comprenait, les hommes étaient en train de négocier la location d'un camion pour transporter l'ourson jusqu'à Edmonton, leur destination finale. Ce serait plus confortable pour l'ours et ce serait plus rapide que d'attendre le prochain cargo. En effet, celui dans lequel ils étaient terminait sa course à Yellowknife.

Une heure plus tard, Napatsi sentit la cage se soulever. Débarquée de l'avion, elle fut placée sur le camion. Après tant d'efforts et de difficultés, la dernière étape du voyage commençait.

Caché dans la paille, Napatsi essayait de regarder la campagne, mais il ne percevait que des parcelles de paysage. Coincées dans une position inconfortable, ses jambes s'engourdissaient. Napatsi tenta de résister le plus longtemps possible, mais finalement le malaise lui fut trop pénible. Il se redressa et ramena ses jambes sous lui. Sa tête émergea lentement du tas de paille. Dans la cabine du camion il vit Jarvis en grande discussion avec un autre homme.

Napatsi se leva et s'agrippa au haut de la cage. Tout en restant attentif à ne pas trop dépasser de la paille, il étendit ses jambes. Ses yeux se fermèrent et il prit une profonde inspiration d'air frais. La partie inférieure de son corps revivait. L'espace d'un instant, il osa jeter un œil dans la cabine du camion, mais juste à ce moment, il vit les yeux de Jarvis dans le rétroviseur, tournés vers lui !

Jarvis se retourna d'un coup et resta bouche bée. Le camion fit une embardée sur la chaussée opposée et se retrouva sur la trajectoire d'une voiture qui roulait en sens inverse. Jarvis redressa à temps pour éviter la collision, mais il rétablit si fort que le véhicule passa sur l'accotement et la direction fut faussée. Il lutta pour redresser le camion sur la route, mais les roues glissèrent dans un dérapage incontrôlé. Le camion pivota sur le côté et se renversa.

La carrosserie grinça sur la chaussée, envoyant des giclées d'étincelles haut dans les airs. Le camion termina finalement sa course en s'écrasant contre un poteau téléphonique. L'impact projeta la cage hors du camion et elle glissa jusqu'aux pieds des arbres qui bordaient l'autoroute.

En ouvrant les yeux, le petit ourson vit que la porte de la cage était ouverte. Il se précipita hors de la cage pendant que Napatsi se démenait pour sortir de la cage, derrière lui.

Napatsi avait deux choix, se débrouiller seul ou affronter la colère de Jarvis : il préféra prendre ses jambes à son cou. Malheureusement il buta sur le loquet au moment où il tentait de se dépêtrer de la cage. Quand il vit l'ourson disparaître dans les bosquets, il se débattait encore pour se remettre sur pieds.

Une main épaisse comprima son épaule et le projeta à terre. Il sentait un souffle chaud sur sa nuque.

– Reste où tu es ! Je ne supporte pas les passagers clandestins, grogna Jarvis d'une voix menaçante.

* * *

Sans se retourner, l'ourson courut à

perdre haleine dans la forêt. Il parvint à bout de souffle et fatigué dans une petite clairière. Jamais auparavant il n'avait été entouré d'arbres. Il était encerclé et l'étau semblait se resserrer. Quittant la clairière avec l'énergie du désespoir, il recommença à courir. Il galopait à travers un terrain de broussailles denses, le long d'une crête abrupte quand il perdit l'équilibre. Il dévala le versant dans une chute vertigineuse qui se termina sur un tas de feuilles mortes.

Haletant, l'ourson se releva encore tout secoué par l'émotion. En regardant à la lisière du bois, il se figea. Debout, face à lui, il y avait un très gros animal brun qui le fixait droit dans les yeux. Il était plus large qu'un caribou et pourvu d'immenses bois couverts d'un fin duvet.

Les deux animaux s'observèrent mutuellement. L'ourson n'avait pas esquissé le moindre mouvement que déjà l'orignal pivotait et s'enfonçait dans la forêt.

Entre la paroi derrière lui et la silhouette qui filait derrière les arbres, Qagijuk décida de suivre Itsé, l'orignal, à bonne distance. Il espérait que cet animal le conduirait chez lui.

* * *

Napatsi contemplait la ville. La route vers Edmonton avec Jarvis avait été longue et pénible. Jarvis avait laissé Napatsi enfermé dans la cage de l'ours jusqu'à l'arrivée de la dépanneuse. Le voyage avait duré toute la journée. Une journée qui n'en finissait plus.

Quand ils arrivèrent à Edmonton, Jarvis le livra immédiatement à James Strong.

En guise d'adieu, il lui lança : « Bon débarras ! »

Maintenant Napatsi était au vingtième étage dans l'appartement de James. Les lumières de la ville l'impressionnaient, de toute sa vie il n'en avait jamais vu autant. Il entendait le bruit atténué de la circulation. La taille des voitures, qui semblaient si petites, le surprenait. Elles roulaient à toute vitesse vers des destinations inconnues. Un petit avion qui survolait la ville semblait se mouvoir au ralenti, Napatsi suivait du regard ses feux d'atterrissage. Pour Napatsi, les bouffées d'air chaud qui montaient de la rue jusqu'à lui étaient étouffantes.

James passa sur le balcon. Ils restèrent tous les deux silencieux pendant un bon moment, à regarder les lumières de la ville.

– J'ai appelé tes parents. Ils étaient morts d'inquiétude quand ils se sont rendu compte de ta disparition. Je leur ai assuré que tu allais bien, mais ton père veut te parler demain matin après que tu te seras reposé.

Napatsi savait ce que son père devait penser de sa fugue et il n'avait pas encore le courage de lui parler.

James fit entrer Napatsi dans l'appartement.

– Tu peux dormir sur le canapé pour cette nuit ; demain j'essaierai de trouver un lit de camp. Jo et toi, vous pourrez alterner entre son lit et le lit de camp en attendant que tu retournes chez toi.

– Jo ? Je pensais que vous aviez une fille ? dit Napatsi décontenancé.

– C'est un diminutif pour Joséphine. Ne lui dis pas que je te l'ai dit. Elle déteste son prénom. Depuis que sa mère est morte, il y a cinq ans, elle a insisté pour qu'on l'appelle Jo. Elle est tellement garçon manqué que de toute façon ça lui va très bien, répondit James en souriant.

James tendit à Napatsi des couvertures et lui montra le canapé.

– Essaie de dormir un peu. Je te verrai demain matin avant de partir au travail. C'est Jo qui va te prendre en charge pour la journée, tu as donc intérêt à te reposer le plus possible !

James sourit et gagna sa chambre au bout du couloir.

Napatsi disposa les couvertures et s'étendit sur le canapé. Il écoutait les bruits qui lui parvenaient de la chambre de James, dans ses derniers préparatifs avant de se coucher. Bientôt le silence régna sur l'appartement. Napatsi s'assit sur le bord du canapé, puis se releva et marcha silencieusement jusqu'à la porte coulissante qui donnait sur le balcon. Il l'ouvrit avec précaution, mais quelle ne fut pas sa surprise en découvrant que les bruits de la ville n'avaient pas diminué !

Minuit passé et rien ne s'était arrêté. Le monde miniature à ses pieds continuait son va-et-vient incessant sans le moindre signe de ralentissement.

Sachs Harbour à cette heure de la nuit était un village très calme. L'aboiement occasionnel d'un chien ou le rugissement d'une motoneige pouvait parfois perturber le silence quand quelqu'un rentrait chez lui après une visite chez un voisin. Napatsi sourit, il tendit son visage vers le ciel et prit une profonde inspiration dans un élan de satisfaction. Demain il allait explorer le monde en bas !

En entrant dans la pièce, Napatsi éteignit les bruits de la ville en refermant la porte coulissante derrière lui. Il retourna sur le canapé et s'y allongea sur le dos les mains derrière la tête en fixant le plafond. Si seulement Panik pouvait le voir en ce moment !

Il souriait encore lorsqu'il ferma les yeux. La fatigue des dernières heures envahissait son corps et il sombra dans un sommeil profond et paisible. Il laissa libre cours à ses rêves qui le firent dériver haut dans le ciel nocturne au-dessus de la cité. Au milieu des grands arbres dissimulés par la brume du petit matin, Napatsi faisait face à une ombre qui prenait forme peu à peu. Une créature avec quatre pattes et de grands bois duveteux émergeait du brouillard.

Elle avait un museau bulbeux et des yeux globuleux. Plus elle s'approchait et plus elle grandissait.

Chapitre 4

Les bruits d'une conversation très animée tirèrent Napatsi de son sommeil. Il lui fallut un bon moment pour réaliser où il était, mais très vite les événements de la veille lui revinrent en mémoire. Il reconnut les voix de James Strong et de Jarvis. Refermant les yeux il les écouta parler. Le ton de Jarvis dénotait une très grande contrariété, et Napatsi savait qu'il n'était pas étranger à cette colère.

– Écoute, Jarvis. Ce n'est pas entièrement de la faute du gamin. Maintenant prenons les choses du bon côté et organisons-nous, dit James.

– Mais ce garçon…

– Jarvis, parle moins fort ! Jo dort encore et je ne veux pas que les premières paroles que Napatsi entendra à son réveil soient tes reproches !

– Ne t'inquiète pas, Papa, je suis déjà réveillée.

Les deux hommes se tournèrent vers la jeune adolescente qui entrait dans la pièce. C'était Jo, la fille de James. Ses remarquables cheveux roux, sa peau blanche et pâle et une multitude de taches de rousseur faisaient d'elle tout ce que James avait toujours adoré chez sa femme. Elle s'arrêta et regarda le garçon qui paraissait dormir dans le canapé.

– Comme je le disais, James, le gamin a failli tous nous tuer. C'est de sa faute si nous avons perdu l'ourson. Je dois partir à sa recherche aussi vite que possible sinon il mourra dans la forêt et tout notre voyage n'aura servi à rien. Qu'aurons-nous gagné s'il est mort ?

– On dirait un Japonais !

James se détourna de Jarvis et regarda sa fille. Elle n'avait pas bougé. Elle dévisageait Napatsi toujours impassible et les yeux clos.

– Es-tu sûr que c'est un Esquimau ?

– Il est Inuvialuit, Jo, et n'a aucune origine japonaise. Je voudrais qu'il se sente chez lui, alors ne fais surtout pas ce genre de commentaire lorsqu'il sera réveillé.

– Je croyais que les gens du Nord s'appelaient des *Inuit* ?

– Tu as raison, certaines personnes le sont. Napatsi vient de Sachs Harbor, à l'ouest de l'Arctique, dans les Territoires du Nord-Ouest. Les gens qui vivent dans cette région sont appelés Inuvialuit. Les gens qui vivent plus à l'est de Holman et bien plus loin jusqu'à Iqaluit sont appelés *Inuit* et leur territoire s'appelle le Nunavut. Les deux peuples sont confondus sous l'appellation d'Esquimaux, mais ils préfèrent leur nom d'origine. Esquimau signifie « mangeurs de viande crue », et il est souvent perçu comme étant péjoratif ; alors que leur nom d'origine signifie « les Hommes ».

James reprit sa conversation avec Jarvis.

– J'ai parlé au père de Napatsi hier soir et Sachs Harbor est dans le brouillard complet. Toute la région, y compris Tuktoyaktuk et Paulatuk, est paralysée par les intempéries. Ça risque de durer plusieurs jours. Nous n'avons plus qu'à tout mettre en œuvre pour que notre invité imprévu se sente chez lui. Nous en profiterons pour lui faire visiter Edmonton.

Jarvis roula de gros yeux et marcha vers la porte.

– Jarvis, il y a des pluies torrentielles dans la région où l'ourson a disparu, alors tiens-toi tranquille jusqu'à ce que je t'autorise à reprendre les recherches, dit James.

Jarvis haussa les épaules et partit en claquant la porte, ce qui fit sursauter James et sa fille. Ils se retournèrent vers le canapé et virent Napatsi, maintenant bien réveillé, appuyé sur son coude.

– Je suis heureux que tu sois tout à fait réveillé. Habille-toi et viens prendre ton petit-déjeuner. Que dirais-tu d'une bonne tranche de jambon avec des œufs ?

– Avez-vous des céréales ? demanda Napatsi.

– Je vois que les enfants sont partout les mêmes.

Le sourire aux lèvres, James sortit les céréales du garde-manger en soupirant.

– Le lait est dans le frigo, sers-toi. Il faut que je me prépare pour aller au zoo. Nous appellerons tes parents avant que je m'en aille.

Alors qu'il s'asseyait pour prendre son petit-déjeuner, Napatsi ne pouvait s'empêcher de s'inquiéter à l'idée de parler à son père. Ituk ne comprendrait jamais pourquoi il avait fait ce voyage. Il appréhendait les longs discours moralisateurs de son père qu'il trouvait bien pires que n'importe quelle colère brusque.

James revint dans la cuisine,

décrocha le téléphone et composa le numéro. Quand la connexion fut établie, il passa le combiné à Napatsi et retourna à ses préparatifs.

Napatsi entendit la ligne s'acheminer vers Sachs Harbour dans une multitude de cliquettements et de grésillements. À la première sonnerie, le cœur de Napatsi se contracta un peu, il retenait son souffle.

– Allô ?

C'était la voix de son père.

– Allô ?

Napatsi hésita et raccrocha le téléphone.

– Pas de réponse, dit-il au moment où James jetait un coup d'œil au bruit du combiné replacé sur son support.

– Bien, ne t'inquiète pas. Je suis sûr que nous parviendrons à les joindre plus tard. Je dois partir maintenant, mais tu peux essayer de rappeler autant que tu veux, tu finiras bien par les joindre. J'ai dit à Jo qu'elle n'était pas obligée d'aller à l'école, elle va pouvoir te faire visiter la ville et te tenir compagnie. À cause du brouillard, tu devras rester ici environ une semaine avant que nous puissions te trouver un vol de retour. Dis à Jo que j'ai laissé un peu d'argent sur le comptoir pour les dépenses de la journée. Je vous retrouve ce soir.

James quitta l'appartement au pas de course, laissant Napatsi seul dans la cuisine.

Il termina son petit-déjeuner et retourna dans le salon où il s'installa sur le canapé.

– Je n'avais jamais vu un « Inuvialouette » avant aujourd'hui, dit Jo en entrant dans la pièce.

– Inuvialuit ! Et en plus je suis autant Inuvialuit qu'*Inuk*. Mais bon, je n'avais jamais vu quelqu'un avec autant de taches de rousseur ni avec un crâne orange avant ce matin, répliqua Napatsi.

Jo s'empourpra, mais modéra son tempérament.

– Mon père a dit que je devais te faire

visiter la ville ces jours-ci alors autant commencer tout de suite. Au passage, je te signale que je m'appelle Jo.

Bien qu'elle se soit promise de ne pas le faire, Jo esquissa un sourire et partit vers la cuisine.

– Je pars devant et je t'attends en bas, lança Jo par-dessus son épaule, alors qu'elle atteignait déjà la porte. J'imagine que tu n'as pas vraiment l'intention de porter ta parka, alors prends un des imperméables de mon père, dans la penderie de l'entrée.

Après avoir récupéré le porte-monnaie et le plan laissés par James à son intention, Napatsi s'empressa de s'habiller et saisit une veste avant de quitter l'appartement.

Pendant la dernière partie du long voyage vers Edmonton, Jarvis avait gardé Napatsi sous haute surveillance, ce qui n'avait pas empêché ce dernier de s'endormir. En arrivant à l'appartement, il était dans un tel état de stupeur qu'il ne parvenait même plus à se rappeler comment il était arrivé au vingtième étage.

Maintenant, le couloir lui paraissait étranger. Il marcha d'un bout à l'autre. Il n'y avait pas d'issue ! Aucune des portes ne s'ouvrait et il ne voyait d'escalier nulle part. Alors qu'il parcourait le corridor de long en large, il entendit un faible bruit de sonnette, et une large porte coulissante s'ouvrit.

– Vous descendez ?

L'homme qui le questionnait était dans une petite pièce sans fenêtres ni porte.

– Je n'ai pas de temps à perdre, si vous descendez, c'est maintenant !

Un ascenseur ! Bien sûr ! La porte commençait à se refermer, Napatsi se précipita à l'intérieur. Le sol se mit à trembler et Napatsi ressentit la même sensation dans son estomac que celle qu'il avait découverte dans l'avion. Il avait envie de sortir, mais il ferma les yeux et retint son souffle.

Finalement l'ascenseur cessa ses vibrations et les portes s'ouvrirent. Napatsi ouvrit les yeux et vit trois étrangers devant lui qui attendaient de pouvoir monter. Il passa entre eux et rejoignit le hall d'entrée. Il ne voyait Jo nulle part.

Il fit un pas vers la porte et manqua d'être renversé par un homme en costume noir avec une cravate. L'homme trébucha et se tourna prêt à rouspéter vers Napatsi alors que celui-ci s'enfuyait. Napatsi fut surpris par la clarté du jour et par la chaleur environnante. Il enleva sa veste et resta un instant au milieu du trottoir, laissant à ses yeux le temps de s'adapter.

Les passants le heurtaient de toutes parts et ces bousculades finirent par l'effrayer. Instinctivement, il abandonna le milieu du trottoir pour se serrer contre l'immeuble. Les visages qu'il croisait semblaient tous hostiles et les gens qui l'avaient bousculé le regardaient comme si c'était de sa faute.

– Qu'est-ce que tu fais là ? demanda Jo qui arrivait de l'immeuble

– Où étais-tu ? éclata Napatsi, la voix remplie de colère.

– Ne le prends pas sur ce ton ! Je suis juste allée voir le courrier et ça m'a pris une minute à peine.

Napatsi qui se sentait rougir détourna son regard.

– Viens vite. Si nous ne nous dépêchons pas, nous allons rater l'autobus !

Jo s'engouffra dans la foule et Napatsi la suivit au pas de course. Il l'apercevait par instants alors qu'elle se frayait un chemin sur le trottoir encombré. Pour ne pas la perdre de vue, il se dépêchait sans tenir compte des injures lancées par les passants qu'il heurtait.

Il avait beau faire, il ne parvenait pas à rester dans le sillon de Jo et la perdit de vue une fois de plus. Il s'arrêta, haletant et découragé dans un lieu grouillant d'activité. Il se courba pour reprendre son souffle tout en regardant désespérément dans toutes les directions.

– Eh ! Napatsi !

En entendant la voix de Jo, Napatsi regarda vivement dans cette direction et la retrouva de l'autre côté de la rue. Il mit un pied sur la chaussée et bondit en arrière au passage d'une voiture qui le klaxonna furieusement avant de filer à toute allure. Il attendit que le feu passe au vert et traversa la rue au milieu d'une foule de piétons. Le bus arrivait. Tout en montant sur la plate-forme, Jo lui criait de se dépêcher. Napatsi parvint à sauter dans le bus au moment où les portes allaient se fermer.

– La monnaie exacte, dit le conducteur à voix basse sans regarder dans sa direction.

Comme Napatsi ne répondait pas et ne mettait pas de sous dans le réceptacle, le conducteur lui lança un regard de travers.

– Si tu n'as pas d'argent, je te jette au

prochain arrêt, dit rudement le conducteur.

Jo mit des pièces dans la boîte. Elle entraîna Napatsi vers l'arrière du bus et attrapa une poignée au-dessus de sa tête. Napatsi restait silencieux pendant que le bus démarrait. Il regardait autour de lui tous ces visages étrangers. Dans ce bus bondé, Napatsi était coincé entre deux passagers. Cette promiscuité lui était désagréable. Il respira profondément. Le bus passait devant un grand nombre de cinémas affichant les derniers films à la mode, devant des magasins de *comic books,* et aussi un McDonald's. Napatsi sourit intérieurement et commença à se calmer. C'était la ville !

– C'est notre arrêt ! s'exclama Jo en avançant vers l'avant du bus. Allez, viens ! cria-t-elle.

– Où est-ce qu'on va maintenant ? demanda Napatsi en essayant déjà de la rattraper.

– On doit attraper le métro !

Napatsi courait derrière Jo qui risquait encore de disparaître en descendant l'escalier qui s'ouvrait devant eux à même le sol. Il passèrent un coude, et de nouveau un escalier apparaissait, les emmenant toujours plus loin sous terre. Parvenus tout en bas, ils atteignirent un quai et attendirent le métro.

– Pourquoi est-ce que nous devons prendre le métro ? demanda Napatsi un peu perdu.

– C'est grand, Edmonton. Le zoo où travaille Papa, ce n'est pas la porte à côté. Si tu dois te déplacer, il faut que tu prévoies ton trajet et que tu tiennes compte du temps qu'il faut pour l'accomplir. Ce n'est pas plus compliqué que ça. On devrait y être dans environ vingt minutes.

Napatsi hocha la tête. Les gens devaient perdre la moitié de leur vie dans leurs déplacements.

Après le métro, il prirent de nouveau

le bus sur un trajet assez court, et arrivèrent enfin au zoo.

James leur fit visiter le zoo. Napatsi avait du mal à croire que l'on pouvait abriter des animaux dans des cages aussi petites. Les animaux n'avaient pas beaucoup de place pour bouger ; la plupart, affalés sur le sol, semblaient dormir. Beaucoup d'animaux provenaient d'autres régions du monde, et il voyait certaines espèces pour la première fois de sa vie. Il était particulièrement impressionné par les guépards. Il connaissait la beauté de ces félins et il avait appris à l'école à quel point leur vitesse était surprenante. Il se demandait ce que pouvaient bien ressentir ces guépards prisonniers de leur cage, incapables d'utiliser la vitesse qu'ils possédaient.

Après la visite, James emmena Napatsi et Jo dans un parc tout proche, où ils s'installèrent à une table de pique-nique pour déjeuner.

– J'ai apporté des hot-dogs et des sandwiches, mais j'ai oublié d'apporter du bois pour le feu !

Avec un sourire entendu, Napatsi courut jusqu'aux premiers buissons. Jo et son père n'avaient pas eu le temps d'ouvrir la bouche que déjà Napatsi avait sorti son couteau et entaillait de petites branches d'arbre mort afin d'avoir des brindilles pour démarrer le feu.

– Ne touche pas à ça ! Tu n'as pas le droit de couper des branches et de ramasser du bois où tu veux, dit James. Ce n'est pas si simple ici.

– Alors comment démarrez-vous un feu ? demanda Napatsi.

– Pour allumer un feu dans un parc, il faut un permis. Si tu as besoin de bois, soit tu en apportes avec toi, soit tu l'achètes à un des employés qui travaille ici.

Napatsi était consterné, mais il accepta à contre-cœur de respecter leur règlement.

Ils retournèrent à la table de pique-nique et finirent leur déjeuner.

Le trajet du retour en métro et en bus ne lui parut pas aussi long qu'à l'aller. Pour dîner ce soir-là, James commanda des mets chinois, ensuite ils regardèrent la télévision jusque tard dans la nuit.

Chapitre 5

Le jour suivant, Napatsi et Jo se promenèrent dans le plus grand centre commercial de l'Alberta, le *West Edmonton Mall.* Ils passèrent devant des douzaines de restaurants et une patinoire. Napatsi vit un immense aquarium rempli de dauphins, dans lequel un sous-marin emmenait les touristes faire une visite sous l'eau. Il y avait aussi une piscine avec des glissades d'eau et une machine à vagues ! Napatsi était béat d'admiration devant les vagues artificielles, elles déferlaient exactement comme celles qu'il avait vues dans l'océan. Napatsi calculait que ce centre commercial à lui tout seul devait être trois fois plus grand que Sachs Harbour !

Il n'en croyait pas ses yeux et ne

savait plus où donner de la tête. Il entra de plein fouet dans le ventre d'un monsieur pressé qui entraînait ses enfants à vive allure. La collision fut d'une telle force que Napatsi tomba comme une masse sur les genoux d'une femme âgée assise sur un banc.

– Regarde où tu vas ! cria l'homme par-dessus son épaule sans même ralentir.

– Je suis désolé, dit faiblement Napatsi, regardant alternativement l'homme et la femme.

Tandis qu'il se relevait, elle lui jeta un regard furieux.

Napatsi transpirait. Il réalisait soudain le nombre de personnes entassées dans ce monde clos.

– La foule commence à t'étouffer ? dit Jo en riant.

– Ce centre est pourtant gigantesque, je ne comprends pas comment les gens parviennent à le rendre si étriqué !

– Nous devons accélérer l'allure,

sinon nous allons rater notre rendez-vous avec mes amis. Nous sommes déjà en retard !

Napatsi suivait toujours Jo, en prenant garde de bien rester derrière elle. Jo se frayait un chemin dans la foule avec aisance. Lorsqu'ils arrivèrent enfin aux arcades, ils retrouvèrent ses amis, et Napatsi fut présenté. Personne ne semblait tellement impressionné.

– Bon, alors d'où viens-tu donc ? demanda Jill.

– Il vient des Territoires du Nord-Ouest, répondit Jo avant que Napatsi n'ait eu le temps d'ouvrir la bouche. D'un endroit qu'on appelle Sachs Harbour, tu sais, l'Arctique.

– L'Arctique ? Qu'est-ce qu'on peut bien faire là-bas en dehors de la chasse ? demanda Tammy.

Tim ajouta, avec un élan de mauvaise humeur :

– Ça devrait être interdit. La plupart des animaux qu'ils tuent sont en voie d'extinction !

– Beaucoup de gens qui ne connaissent rien au Nord pensent comme toi. Mais c'est faux ! Aucun des animaux chassés par les peuples des Territoires du Nord-Ouest ou du Nunavut ne sont en voie de disparition. Mon peuple et les autres habitants de l'Arctique vivent en harmonie avec les animaux et respectent la faune de leur région. Chasser et poser des pièges est un mode de vie depuis de nombreuses années, c'est une importante source de revenus et un moyen de survie.

Mon peuple ne tue pas plus d'animaux que ce dont il a besoin et utilise des pièges qui sont très humains de façon à ce que l'animal ne souffre pas. Des gens qui n'ont rien d'autre à faire critiquent ceux qui portent des manteaux de fourrure. Mais savez-vous quelles en sont les conséquences ? De nombreuses familles qui comptent sur la chasse et la trappe pour manger et gagner leur vie se sont retrouvées en grande difficulté. Avec la diminution de la demande des fourrures, beaucoup d'*Inuit* ont été forcés de se rabattre sur l'assistance sociale pour survivre. Ils n'ont pas seulement perdu leur fierté, mais aussi leur autonomie.

Je sais que ce n'est pas de ta faute, mais comme beaucoup d'autres, tu condamnes sans réfléchir. Et tu ne sais pas jusqu'où tu contribues à diminuer le niveau de vie des miens. Toi et bien d'autres, vous protestez contre la chasse, la trappe et la tradition des fourrures dans le Nord, mais vous devriez apprendre les tenants et les aboutissants avant de nous condamner.

– O.K. O.K. Calme-toi. Je me rends compte que ce phénomène a plus d'importance que je ne le pensais, dit Tim.

– Tout ça c'est bien sérieux, mais si on parlait de sujets plus amusants. Est-ce que vous vivez toujours dans des igloos ?

demanda Jill en rigolant.

– Non, répondit Napatsi souriant. La population de Sachs Harbour est de seulement 250 habitants et il n'y a aucune autre communauté à des centaines de kilomètres à la ronde. Mais nous avons quand même la télévision et tu trouveras chez moi pratiquement tous les objets que tu t'attends à trouver dans une maison d'ici. La plupart des différences proviennent de notre climat aride. Il n'y a pas d'arbre à Sachs Harbour, alors le vent peut souffler très violemment. Les toits de nos maisons sont recouverts de métal sinon les bardeaux s'envoleraient.

Dans l'Arctique, il y a du pergélisol à même la surface du sol, ce qui fait que nous ne pouvons pas enfouir la tuyauterie. Chaque maison possède deux réservoirs de soutien, qui sont remplis et vidés par des camions. Grâce à ce système, nous avons accès à l'eau courante exactement comme vous ; nous devons juste faire attention à la quantité d'eau que nous utilisons pour ne pas être pris au dépourvu en attendant le passage du prochain camion-citerne.

– C'est drôle de penser que les gens imaginent encore des igloos quand ils parlent de l'Arctique, dit Jo.

Napatsi acquiesça et ajouta :

– Je peux le comprendre. Il n'y a pas si longtemps encore, les gens vivaient dans les terres. Mes parents sont tous les deux nés dans des tentes sur la toundra.

Les peuples autochtones n'ont pas vécu en communauté avant les années 1960. Avant, nous étions un peuple très nomade et nous nous déplacions chaque fois que c'était nécessaire pour trouver de la nourriture et des abris.

– Est-ce qu'il y a des voitures à Sachs Harbour ? demanda Tim.

– Les routes sont toutes carrossables et nous avons des camions et des quatre-roues, répondit Napatsi. Mais il n'y a pas tellement de raison de conduire, car la route se termine au bout du village. Nous utilisons des tout-terrains, des motoneiges et des bateaux pour nous déplacer, et nous avons une piste en gravier où les avions peuvent atterrir.

En été, des barques viennent de l'océan et nous apportent des provisions pour l'hiver. Les légumes et toutes les denrées fraîches nous parviennent par avion chaque semaine. Comme les aliments frais sont apportés par avion, ils sont très chers. Quelques fois nous devons payer jusqu'à six dollars pour deux litres de lait.

– Ici ça ne nous coûte que deux dollars ! dit Tim estomaqué.

– Est-ce qu'en hiver l'obscurité dure réellement jour et nuit ? demanda Tammy.

– Au cœur de l'hiver, on est dans le noir toute la journée. Mais en été nous avons 24 heures de lumière. Nos étés sont très courts alors nous essayons d'en profiter au maximum. La toundra est magnifique en été : il y pousse toutes sortes de fleurs sauvages et on peut y voir des renards, des lièvres, des lagopèdes, des belettes et des lemmings !

– Est-ce qu'on ne risque pas d'être déprimé ou endormi dans toute cette obscurité ? demanda Jo.

– En général, ça va. On continue la chasse même en hiver, et on campe dans des tentes chauffées, ou comme c'est le cas de mon père, dans des igloos.

– C'est super ! s'exclama Tim.

– Nous coupons des blocs dans la neige dure et compacte pour construire les igloos. Cette pratique n'est plus tellement courante, mais mon père fait partie de ceux qui entretiennent la tradition. On peut considérer cela comme un amusement.

Napatsi fit une pause, il était surpris par l'enthousiasme que suscitait ce lieu qu'il avait tellement souhaité quitter.

Le reste de la journée se déroula en promenades et en jeux d'équipes.

Lorsqu'ils furent dans le bus, sur le trajet du retour ce soir-là, Napatsi s'assit tranquillement et regarda par la fenêtre. Il avait mangé au McDonald's trois fois, mais l'excitation provoquée par cette nouvelle cuisine était tombée ; il rêvait de nourriture de chez lui. Rien ne se passait comme il l'avait pensé. La ville était si différente de ce qu'il avait imaginé. Les distances à parcourir étaient démesurées et les gens passaient leur vie à se dépêcher.

Comment se pouvait-il qu'il soit entouré de tant de gens et qu'il se sente si seul ?

Après le dîner, Napatsi ressentit un besoin de solitude. Il prévint Jo et James qu'il allait juste faire un tour et promit d'être rentré d'ici une demi-heure.

Une fois dans la rue, il marcha en silence.

Napatsi était calme, mais ce qui l'entourait ne l'était pas. À cette heure-ci du soir, ce n'était pas tant les piétons qui grouillaient, mais plutôt les automobiles dans un vacarme incessant. Pas moyen de se sentir libre, ni d'être vraiment seul. Un homme sorti de l'ombre fit sursauter Napatsi. Napatsi n'avait encore jamais vu de mendiant, et un peu décontenancé, il lui donna les quelques pièces qu'il avait et continua son chemin.

À Sachs Harbour, si Napatsi avait besoin d'être seul, il n'avait qu'à enfourcher sa motoneige, et en quelques minutes il était au beau milieu de la toundra à des kilomètres de toute vie. Ici, il n'y avait aucune issue !

Quand il rentra à l'appartement, James lui donna des nouvelles de son père.

– On dirait que tu vas rester ici plus longtemps que prévu. En plus du mauvais temps, il y a un problème avec les billets.

Il y a encore quelques heures, ces paroles auraient fait chanter le cœur de Napatsi, mais à présent elles lui donnaient plutôt la nausée !

*   *   *

Napatsi ouvrit les yeux et les laissa s'habituer à l'obscurité du salon. Puis il essaya de lire l'heure sur le four de la cuisine : trois heures trente du matin.

D'un bond, il se dégagea des couvertures et se dirigea à pas de loup jusqu'à la penderie de l'entrée. Au moment de se coucher, il avait gardé tous ses vêtements pour ne pas avoir à s'habiller en tâtonnant dans le noir.

Il ouvrit la penderie et prit son sac à dos qui contenait des allumettes, des bougies, de la corde, un couteau de chasse et d'autres fournitures qui seraient utiles dans son escapade. Il récupéra ses chauds habits du Nord. Sans allumer la lumière, il noua les couvertures à son sac à l'aide de deux morceaux de corde.

Prêt à partir, Napatsi se glissa furtivement dans la cuisine et laissa la note qu'il avait écrite à James sur la table. Toujours sur la pointe des pieds, il regagna la porte d'entrée, mit la main sur la poignée, et la fit pivoter tout doucement.

– Où crois-tu aller comme ça ?

Napatsi sursauta et heurta Jo.

– Pourquoi est-ce que tu m'espionnes ?

– Pourquoi essaies-tu de sortir en cachette de l'appartement à cette heure-ci ?

Napatsi tourna le dos à Jo et fit face à la porte.

– Je sais très bien où tu vas et je veux venir avec toi. Tu crois que je n'ai pas remarqué ton manège ? Je t'ai vu cacher des choses après le dîner hier soir. Tu comptes retourner chez toi.

– J'ai entendu ton père parler à Jarvis hier soir. Les pluies ont cessé, Jarvis va donc retourner vers le lieu où l'ourson s'est enfui, pour essayer de le rattraper. Ils s'y rendent ce matin et je veux aller avec eux. Ils prennent la fourgonnette de ton père.

– Et comment vas-tu entrer dans la fourgonnette sans te faire remarquer ? dit Jo avec malice.

– C'est vrai, je n'y avais pas pensé, répondit timidement Napatsi.

Toujours souriante, Jo leva la main et agita une clef devant la figure de Napatsi.

– Tu vois que tu as besoin de moi. Il se trouve justement que j'ai le double des clefs ! J'ai aussi pensé que ces sacs de couchage pourraient être utiles et seraient plus chauds que ces vieilles couvertures.

Jo semblait tellement résolue que Napatsi ne tenta même pas de la dissuader.

Elle empoigna son sac à dos et ils descendirent dans le stationnement souterrain. Une fois dans la fourgonnette, ils se cachèrent derrière une énorme caisse. Ils étaient déterminés et prêts à tout, mais à cette heure tardive de la nuit, le sommeil eut bientôt raison d'eux.

Quelques heures plus tard, Napatsi entendit des voix derrière la fourgonnette. Il reconnut tout de suite Jarvis. Il donna un grand coup de coude dans le ventre de Jo pour la réveiller et elle se dressa droite comme un « i ». Puis il baissa rapidement la tête pour ne pas être vu et retint sa respiration.

La porte arrière s'ouvrit, Jarvis et un autre homme poussèrent leurs bagages à l'intérieur et refermèrent la porte sans se douter de la présence des intrus. Les deux hommes gagnèrent leur place et la fourgonnette se mit en route. Quelques instants plus tard, ils se mirent à parler suffisamment fort pour que Napatsi et Jo comprennent l'essentiel de leur conversation.

– Si nous pouvions trouver des empreintes de l'ourson, Timmons, nous pourrions organiser dès demain une grande battue. Cette région n'est pas faite pour un ours polaire et je ne serais pas étonné si nous le retrouvions déjà mort, dit Jarvis.

Napatsi se souvenait de Timmons qu'il avait rencontré à Sachs Harbour. Avec une peau pâle et des joues creuses, il mesurait près d'un mètre quatre-vingts et ne semblait pas peser plus de quarante-cinq kilos. Il acquiesça, mais ne dit pas grand chose de plus jusqu'à la fin du voyage.

Ce fut un voyage long et pénible pour Napatsi et Jo, coincés derrière les caisses et les bagages. Jarvis avait beau rouler vite, le trajet dura toute la journée. Les adolescents fatigués ne dormaient que par intermittence, ils souffraient de la chaleur, du manque d'air frais et d'une envie grandissante d'aller aux toilettes. Quand ils arrivèrent enfin, Napatsi et Jo n'en pouvaient plus ! Ils entendirent immédiatement les mots tant attendus prononcés par Jarvis.

– Nous y sommes, Timmons ! Va de

ce côté. D'ici nous devrions retrouver sa piste assez facilement.

Les deux hommes sautèrent de la voiture et passèrent à l'arrière pour récupérer leurs fusils et leur sac avant de s'enfoncer dans les bois. Ils ne remarquèrent pas la présence de Napatsi et de Jo.

Lorsque les hommes furent hors de vue, Napatsi ouvrit la porte et ils se précipitèrent à l'extérieur. Leurs jambes étaient tout engourdies, mais ils retrouvèrent rapidement leur équilibre. Napatsi fit signe à Jo de le suivre. Ils suivirent discrètement les deux hommes qui avançaient dans les bosquets. De temps à autre, Jarvis et Timmons posaient un genou à terre, examinaient attentivement le sol et se relevaient sans enthousiasme. Après une longue marche à travers les bois, ils s'arrêtèrent et montrèrent un vif intérêt pour ce qu'ils voyaient à leurs pieds. Puis ils continuèrent leur chemin, le long de la falaise.

Ce fut alors au tour de Napatsi et de Jo d'accéder à l'endroit où les hommes s'étaient attardés. On pouvait y observer les empreintes du jeune ours, clairement dessinées dans la boue ! Mais juste à côté, il y avait des empreintes bien plus grandes.

– Ce sont des empreintes d'orignal, murmura Jo.

Jo avait fait de nombreux voyages avec son père. Elle avait eu plusieurs fois l'occasion de camper et elle connaissait parfaitement toutes les empreintes d'animaux de la région. Napatsi, quant à lui, n'avait jamais vu d'empreintes aussi larges, même celles des caribous ou des cerfs n'atteignaient pas ces proportions.

Leur trajet se poursuivit à travers les bois, à bonne distance des deux hommes.

Le sol de la forêt devint plus humide, et après quelques temps, les hommes arrivèrent à une petite rivière. Ils passèrent sur l'autre rive et semblèrent hésiter, cherchant une piste fraîche, ils tournaient en rond.

Napatsi et Jo entendaient Jarvis jurer comme un charretier de l'autre côté de la rivière. Finalement, les deux hommes s'engagèrent dans les bosquets droit devant eux, mais n'arboraient plus la même assurance.

Napatsi et Jo traversèrent la rivière et regardèrent le sol. Quelque chose ne collait pas.

Les larges empreintes qui se découpaient sur le sol, semblaient dater de plusieurs jours alors que celles qu'ils avaient suivies jusque là étaient des empreintes fraîches. Napatsi retourna sur ses pas jusqu'au bord de la rivière et la traversa de nouveau.

– J'essaie de te suivre, mais j'espère que tu sais ce que tu fais, dit Jo avec détermination.

Napatsi opina et continua sa traversée jusqu'à l'autre rive. Il marcha en aval, Jo sur ses talons, tout en gardant les yeux rivés au sol.

Et voilà ! Sortant de l'eau les empreintes de l'orignal et du jeune ours polaire apparurent. Elles étaient toutes fraîches ! Ils les suivirent pendant plusieurs heures, passant par des endroits où les empreintes étaient moins visibles et d'autres où il y avait de curieuses branches cassées ou des broussailles piétinées. Napatsi regarda le soleil qui descendait doucement sur l'horizon.

– Arrêtons-nous ici. Ce lieu sera un bon abri pour la nuit et nous pourrons repartir à l'aube.

Jo acquiesça, déplia ses bagages et les plaça sur le sol.

– Napatsi, il y a un truc qui me chiffonne, les empreintes de l'orignal et de l'ours polaire sont si rapprochées : est-ce qu'ils voyagent ensemble ?

– Non, je ne pense pas. On dirait plutôt que l'ourson a suivi l'orignal. S'il a rencontré un orignal, il n'a rien trouvé d'autre à faire que de le suivre.

Napatsi marcha jusqu'au bord de la rivière. Une bonne gorgée d'eau fraîche rafraîchit tout son corps. Depuis leur départ d'Edmonton, ils avaient très peu mangé : quelques craquelins, un peu de fromage et des pommes. Pour garder leur sac le plus léger possible, ils avaient emporté très peu de provisions et de toute façon le père de Jo n'avait pas beaucoup de nourriture sèche chez lui le soir où ils étaient partis.

Napatsi souffrait à présent de crampes d'estomac de plus en plus violentes. Il choisit un jeune arbre et le coupa. Il prit son couteau de chasse et commença à tailler l'écorce jusqu'à ce que le bout forme une pointe. Le dîner n'était pas encore gagné !

Chapitre 6

Le lendemain dès l'aube, Napatsi se mit au travail. L'eau froide de la rivière était limpide. Pour récupérer toute leur énergie, Napatsi et Jo devaient se nourrir dans les plus brefs délais. La veille, juste avant de se coucher, le jeune *Inuk* avait vu des truites qui remontaient vers le fleuve. Après une brève étude du terrain, il s'installa à l'endroit où la rivière formait un coude dans lequel le courant était plus faible. Il ramassa des cailloux sur la rive et bâtit une espèce de canal en forme de cheminée s'étalant des courants forts jusqu'aux plus lents. Les *Inuit* attrapaient les poissons de cette manière il y a très longtemps, et son père lui avait enseigné ce procédé quand il était tout petit, à Cambridge Bay. Les poissons nageaient le long du canal jusqu'à se trouver prisonnier dans la mare. Ils pouvaient alors être embrochés par un chasseur patient.

Napatsi surveilla attentivement le premier poisson qui pénétra dans son couloir artificiel. Après quelques mètres, le poisson s'arrêta pour se reposer. Napatsi n'eut pas longtemps à attendre avant que le premier poisson ne soit rejoint par trois autres truites qui prenaient leurs aises dans l'eau basse. Napatsi ajusta son harpon et le lança.

Au réveil, Jo huma l'odeur appétissante du poisson rôti sur le feu. Du refuge qu'elle avait construit la veille, tout en restant dans son sac de couchage, elle se souleva sur un coude et vit Napatsi veiller avec attention sur le feu. Il avait dormi à la belle étoile, protégé uniquement par son sac de couchage. Préférant l'air pur et vivifiant, il n'avait pas emporté de tente.

Du coin de l'œil, il avait perçu les

mouvements de Jo. Il se tourna vers elle en souriant.

– Le petit-déjeuner est servi.

*　　*　　*

Pendant les deux jours qui suivirent, les deux amis eurent particulièrement chaud ce qui les obligeait à prévoir de nombreuses haltes pour boire et se reposer. Avec l'automne, la durée du jour diminuait sensiblement, mais les températures restaient encore très élevées, il faisait chaud et sec. Napatsi et Jo profitaient des nombreux lacs et ruisseaux que procurait la nature pour se rafraîchir et pour faire des provisions d'eau fraîche en permanence. Ils firent aussi de bonnes provisions de poissons et n'eurent pas faim pendant leurs heures de marche.

La saison touchait à sa fin et les moustiques se faisaient rares, mais les mouches noires par contre attaquaient en force.

– Aaaaaaaaah ! lançait Jo hystérique. Je vais devenir folle si elles n'arrêtent pas de me mordre !

Jo hurlait exaspérée et gesticulait en tous sens. Ses bras dessinaient des moulinets autour de ses oreilles qu'elle tentait de protéger contre ces insectes voraces.

– On devrait être plus tranquilles demain. Les moustiques et les mouches noires sont attirés par le shampoing, le déodorant et le parfum. Dès que nous nous serons lavés un certain nombre de fois, la plupart d'entre eux ne s'intéresseront plus à nous et nous leur serons beaucoup moins attrayants. On pourrait aussi bien se couvrir de boue si tu penses que ça peut aider.

– Est-ce que tu sais si ça marche ?

– Non, pas vraiment. À Sachs Harbour, il n'y a pas d'arbres et de bosquets. Nous n'avons pas tellement de moustiques et de mouches noires.

Essaie simplement de les oublier un peu. Nous rattrapons Qagijuk. Les traces sont de plus en plus fraîches ici.

* * *

Alors que la journée passait, le terrain devenait plus dur et plus accidenté. Le crépuscule approchait et l'ourson s'arrêta au bord d'une petite rivière pour boire de l'eau. Il avait suivi l'orignal jusqu'à ce qu'il trouve assez de confiance en lui pour continuer seul son voyage. Cette contrée lui était toujours étrangère, mais la peur qui s'était emparée de l'ourson après l'accident avait maintenant disparu. Il leva la tête et flaira l'air du soir. Il avait un pressentiment. Il traversa la rivière et accéléra l'allure en grimpant le long d'une colline. Après un bref regard en arrière, il détala, certain d'avoir vu des ombres hostiles se mouvoir dans le lointain.

À l'approche du sommet, un loup

bondit devant l'ourson. Deux autres approchèrent sur les côtés et un autre derrière. Habituellement les loups n'attaquent pas les ours polaires, mais celui-ci n'était encore qu'un ourson et qui plus est, affaibli par le manque de nourriture. Le plus grand loup montra les dents et émit un grognement menaçant.

L'ours esquissa lui aussi un faible grognement et se rua sur ses agresseurs. Un des loups découvrit ses crocs tout en se rapprochant de Qagijuk. Encerclé, l'ourson tournait désespérément sur lui-même pour essayer de faire face à ses ennemis.

Le plus téméraire des loups s'avançait lentement en se balançant de droite et de gauche. Tout d'un coup il s'élança et bondit !

Au même instant une lance traversa le flanc du loup, le propulsant vers l'arrière et le clouant au sol. Il hurlait de douleur, et tentait de se libérer tandis que la horde s'enfuyait affolée dans toutes les directions. Napatsi rejoignit l'ourson à toute vitesse pendant que les loups, hurlant, fuyaient dans les buissons. Après s'être assuré qu'il était sain et sauf, Napatsi se redressa et s'approcha lentement du loup, toujours planté à terre par la lance solide.

Debout devant lui, il le fixa droit dans les yeux. Le loup montra ses crocs, puis il baissa les yeux et se tint tranquille.

Napatsi dégagea la lance de la chair du loup, le libérant ainsi du sol. Le loup repartit la queue basse en direction des buissons. Il s'approcha prudemment du sous-bois et bondit droit devant lui, détalant dans l'obscurité procurée par une végétation dense. Les bruits de la fuite rapide du loup et ses fréquentes plaintes se perdirent au loin et la clairière retomba dans le silence.

Napatsi se tourna vers l'ourson polaire et enjoignit Jo d'approcher. Elle était restée au pied de la colline. Il ramassa son sac et en sortit quelques poissons qu'il avait harponnés un peu plus tôt. Il lança les poissons à l'ourson.

– Mange, Qagijuk. Tu dois être affamé.

L'ourson n'était pas rassuré, mais en entendant la voix du garçon, il balança la tête de côté et écouta attentivement cette voix familière. Il n'avait pas oublié ce garçon et sa gentillesse. Finalement, quand l'odeur du poisson frais vint chatouiller ses narines, ses dernières hésitations tombèrent. L'ours s'approcha de Napatsi et s'étira pour lui extraire le poisson des mains. Puis il regarda Napatsi dans les yeux, s'approcha encore et lui lécha doucement la main. Qagijuk introduisit le poisson dans sa gueule et s'éloigna de Napatsi pour s'installer un peu plus loin. Il savoura son premier repas depuis plusieurs jours. Jo avait observé la scène avec stupéfaction.

– L'ourson est tellement tranquille avec toi, je pensais qu'il serait plus sauvage !

– C'est un très jeune ourson, et sa mère ne lui avait pas encore appris à chasser quand ils ont été séparés. Il semble me reconnaître et il sera ravi de nous suivre jusqu'au camp si nous lui offrons encore de la nourriture.

– Penses-tu que nous devrions trouver un abri pour la nuit ?

– Oui, quittons cette colline et profitons de ce qu'il reste de lumière pour trouver un bon endroit.

Ils ramassèrent leurs affaires et continuèrent à grimper, suivis de très près par l'ourson. Comme ils l'espéraient, il y avait une petite vallée juste sur l'autre versant, à l'abri du vent. Elle était parfaite pour établir leur campement et allumer un feu.

Après avoir mangé les poissons et les fruits des champs cueillis le long de la route, Napatsi et Jo s'engouffrèrent dans leur duvet et s'endormirent profondément. Napatsi rêva qu'il flottait en tournoyant au-dessus des montagnes et dans les nuages. Le ciel s'obscurcissait et un feu brillait dans le lointain.

En s'approchant du feu, il y vit des gens tout autour. Ils racontaient des histoires fabuleuses. Napatsi s'assit parmi eux avec Qagijuk et Jo, et attendit leurs conseils.

* * *

Napatsi sentit quelque chose effleurer son oreille. Il était en train de profiter de sa première bonne nuit depuis longtemps et il ne voulait pas ouvrir les yeux. Il s'enfonça plus profondément dans son sac de couchage et essaya de chasser de son esprit, la lumière et tout le reste. Le son crépitant qui parvenait encore à ses oreilles, se rapprochait, et bientôt Napatsi n'eut plus d'autre choix que d'ouvrir les yeux.

À quelques mètres de lui à peine, se tenait le plus gros corbeau qu'il n'ait jamais vu. Il picorait consciencieusement le sac de Napatsi et envoyait valser dans la clairière tout ce qui n'était pas attaché. Napatsi se souleva et ouvrit la bouche pour crier. Mais avant qu'il n'ait émis le moindre son, le corbeau battit en retraite dans un large bruissement d'ailes. Il se posa aux côtés de Jo encore endormie.

Fixant Napatsi de ses yeux brillants, Tasó, le corbeau, se mit en quête d'une bêtise à accomplir. Comme il ne trouva rien de mieux à faire aux alentours, il commença par picorer et déchirer le sac de couchage de Jo. À chaque coup de bec, le duvet glissait, découvrant petit à petit le corps endormi de Jo, si bien qu'elle apparut frissonnante, n'ayant plus que ses habits pour la protéger.

Elle s'assit en sursaut, battant des paupières, les yeux plissés par la clarté du jour. Elle regarda d'abord Napatsi qui maintenant était hilare, puis ensuite le corbeau qui avait jugé préférable de s'éloigner d'un bond à l'autre bout du campement. Jo ne comprenait pas encore parfaitement la situation, mais elle sentait bien que d'une façon ou d'une autre, elle était le point de mire d'une mauvaise blague. Sa figure s'empourpra et l'on pouvait y lire l'imminence d'une franche colère.

– C'est seulement un corbeau.

Jo regarda Napatsi d'un côté et le corbeau de l'autre. Ce dernier avait maintenant trouvé un poisson à moitié mangé que Qagijuk avait laissé traîner avant de s'endormir. Le corbeau le dégustait bruyamment, en grignotant les arêtes et la peau.

C'est avec beaucoup de plaisir que Napatsi et Jo assistèrent à la scène qui suivit.

En effet, dérangé par les bruits de craquement émis par l'oiseau glouton, Qagijuk se réveilla. Encore tout endormi, il se carra sur son postérieur et écarquilla les yeux à la vue de cet insolent qui avait l'audace de manger son poisson à quelques mètres à peine de lui.

Soudain, Qagijuk se tendit et se jeta sur le corbeau de toutes ses forces. Le corbeau eut tout le temps de s'envoler tranquillement hors de portée de l'ourson. Il alla se poser sur la plus basse branche d'un arbre à proximité.

Napatsi et Jo riaient devant cet ours tout décontenancé assis au bas de l'arbre.

– Les corbeaux font partie des oiseaux les plus vifs du monde, expliqua Napatsi.

Ils sont capables de faire des choses que la plupart des gens n'imaginent même pas. Ils peuvent ouvrir le couvercle des poubelles et ensuite tout jeter à terre simplement pour trouver les immondices qu'ils veulent manger. La plupart des gens dans le Nord construisent des contenants en bois pour mettre leurs ordures afin que les corbeaux ne puissent pas tout éventrer. Les corbeaux taquinent aussi les chiens et d'autres animaux avec leurs bruits et leurs simagrées.

Jo souriait et hochait la tête en fixant le pirate aux yeux brillants qui observait leur campement de haut.

Napatsi s'approcha de Qagijuk et le grattouilla derrière l'oreille.

– Viens ici, Jo. Il est temps de faire les présentations.

Napatsi était accroupi près de l'ourson. Jo s'approcha avec précaution et s'agenouilla à leur côté. Qagijuk regarda Jo avec méfiance et se blottit contre Napatsi.

– Qagijuk, je te présente ma copine Jo. Elle va faire le voyage avec nous.

Jo regarda fièrement Napatsi et tendit sa main à l'ourson. Qagijuk flaira la main tendue sans grand intérêt, et se serra de nouveau contre Napatsi. La mine désabusée de Jo prouvait clairement qu'elle était vexée.

– Laisse faire le temps, Jo. Qagijuk a eu beaucoup d'épreuves ces derniers temps. Je suis déjà très étonné qu'il soit aussi docile avec moi. Donne-lui encore quelques jours. Mangeons quelques poissons pour le petit-déjeuner et poursuivons notre route.

Napatsi laissa Jo et l'ours pour aller préparer le petit-déjeuner.

– Pourquoi ce voyage, Napatsi ? demanda Jo un peu plus tard. Je comprends que tu aies été très déçu par la ville et qu'elle ne correspondait pas du tout à tes attentes. Mais tout de même, il te suffisait de patienter encore quelques jours, et tu aurais pu rentrer chez toi en avion. Tu sais très bien que ton père t'aurait accueilli à bras ouverts. Pourquoi vouloir rentrer chez toi par le chemin le plus difficile ?

Napatsi laissa en plan ce qu'il était en train de faire pour répondre à Jo.

– Qu'est-ce que ça aurait prouvé ? Qu'est-ce que j'aurais accompli ?

Descendre de l'avion et dire à mon père que la ville n'était pas un lieu pour moi ? Qu'est-ce que j'aurais tiré comme leçon de cette escapade ? J'aurais simplement prouvé à mon père qu'il avait une fois de plus raison ! Si je peux faire seul le voyage du retour, démontrant que je peux survivre par mes propres moyens, alors peut-être que finalement il respectera l'homme que je suis.

Les deux compagnons restèrent assis en silence.

– Et toi, Jo, qu'est-ce qui justifie ton choix ? Je veux dire qu'en ce qui me concerne, il fallait que je rentre chez moi d'une façon ou d'une autre, et c'est le moyen que j'ai choisi. Mais toi, rien ne t'obligeait à m'accompagner.

– Depuis que ma mère est morte, mon père me protège comme un vase de Chine. Chaque fois que je fais quelque chose, il a peur que je me blesse. Il ne me laisse jamais rien faire toute seule. Je veux vivre mes propres expériences et apprendre de mes erreurs. Je pense qu'en me lançant avec toi dans cette aventure, je lui prouverai à ma façon que je suis capable de me débrouiller seule, moi aussi.

Chapitre 7

Le trio marchait déjà depuis plusieurs jours. Jo s'était montrée bien plus entreprenante dans la forêt que ce que Napatsi avait espéré. Elle se débrouillait très bien, et de plus sa compagnie était agréable. Sa connaissance du terrain était nettement supérieure à celle de Napatsi. Il était expert dans la toundra, mais dans la forêt il dut apprendre à lui faire confiance.

Néanmoins, Napatsi apprenait à reconnaître les moindres signes utiles et les empreintes des animaux de la forêt. Il pouvait anticiper certains dangers avant même qu'ils ne se présentent. Son instinct très développé de la nature était plus efficace pour affronter les animaux que n'importe quelle arme.

Quand il tuait, c'était uniquement pour se nourrir. Napatsi sentait grandir en lui la fierté de chasser avec dextérité et ingéniosité à la manière des *Inuit*.

Chaque fois qu'il capturait une proie, Napatsi remerciait l'animal d'avoir donné sa vie pour lui permettre de survivre. Ainsi il suivait les traditions *inuit*.

Napatsi et Jo avaient conscience de l'inquiétude que devaient éprouver leurs familles et s'en sentaient coupables. Plus d'une fois, ils furent tentés de se faire remarquer par des avions qui volaient à basse altitude, mais la nécessité de mener seuls leur voyage à bien les encouragea à continuer.

* * *

Jarvis tirait fort sur son cigare, il ouvrait la bouche et laissait la fumée s'échapper directement vers le plafond. Il la suivait des yeux, elle tourbillonnait autour de l'ampoule fluorescente comme un nuage de brouillard.

Bien calé, les mains croisées sous la nuque, Jarvis était affalé dans sa chaise, les pieds sur le bureau. Ses bras levés laissaient apparaître des auréoles de transpiration. Son gros ventre s'affaissait, au centre de son corps en forme d'entonnoir. Quelques miettes éparses témoignaient d'une petite collation qu'il s'était accordée.

Avec une violence soudaine, il changea brusquement de position et frappa des deux poings dans l'accumulation de papiers et d'ordures qui jonchaient le bureau ! Il balaya sauvagement la surface de la table et envoya valser les papiers dans toutes les directions. Ses yeux injectés de sang fixaient le mur d'en face.

C'était un mur nu, mais Jarvis y projetait l'image d'un ourson polaire et d'un jeune garçon *inuk* ayant déjoué ses plans de capture.

Depuis plusieurs jours, il avait survolé

la région pendant de longues heures, avec James Strong, à la recherche des adolescents et de l'ourson. James passait le pays au peigne fin, les yeux remplis de désespoir et d'inquiétude, attentif au moindre signe qui aurait pu lui signaler le passage de sa fille et du garçon.

Jarvis aussi avait examiné tout le pays. Ils avaient cru plusieurs fois trouver des pistes possibles, mais qui s'avéraient de fausses alertes lorsque Jarvis les avait explorées à pied.

Néanmoins, ses recherches pédestres lui avaient révélé que les empreintes de l'ourson, de Jo et de Napatsi se dirigeaient vers le nord-ouest. Ces trois compagnons ne se dirigeaient pas au hasard, Jarvis savait maintenant qu'ils iraient jusqu'au fleuve Mackenzie et essaieraient de tirer parti de ce trajet pour rejoindre l'océan. Ce n'est pourtant pas en ces termes qu'il fit son rapport à James et aux autres membres de l'équipe de recherche. Il leur expliqua que le garçon était désorienté et que s'il se fiait aux traces observées, le jeune homme et la jeune fille se trouvaient plus à l'est, au-delà de Déline et du Grand-Lac-de-l'Ours. Il n'avait pas non plus mentionné que les jeunes gens voyageaient avec l'ourson.

Jarvis avait informé tous ceux qui continuaient les recherches qu'il ne se joindrait plus à eux. Maintenant débarrassé de la recherche officielle, il était prêt à agir à sa façon.

* * *

Les rivières, les ruisseaux et les lacs offraient du poisson en abondance si bien que le petit groupe pouvait poursuivre son voyage sans s'inquiéter pour la nourriture. Jo s'enivrait d'air frais et vivifiant. La limpidité des eaux qu'ils longeaient la ravissait. S'asseoir et regarder des truites, des dorés et des brochets passer par bancs entiers, était une première !

Un après-midi, alors qu'ils approchaient des bords marécageux d'un lac, Jo s'arrêta pour contempler la beauté du paysage.

– C'est étonnant la façon qu'ils ont de se dorer au soleil, tu ne trouves pas ? dit Napatsi. Près de Cambridge Bay, j'ai vu des ombles de l'Arctique échoués, à même la terre, qui restaient dans cette position.

– De quoi parles-tu ? demanda Jo.

– Regarde là-bas.

Napatsi montrait du doigt une étendue peu profonde pleine de roseaux et d'algues.

Jo plissa les yeux pour fixer son attention sur les petits picots qui dépassaient à la surface. Ce qu'elle avait pris pour des algues, étaient en fait les nageoires dorsales de poissons. À cet endroit, l'eau était peu profonde, sa température en était donc accrue et les poissons en profitaient pour se prélasser.

Depuis sa plus tendre enfance, Jo adorait faire du camping avec son père et se promener dans la nature, mais elle n'avait jamais rien vu de semblable.

Une fois, elle était allée camper dans le nord de l'Alberta avec ses cousins (deux garçons) et son père leur avait donné plus de responsabilités qu'à elle. Si seulement il pouvait la voir maintenant !

Son père lui manquait et elle regrettait la peine qu'elle devait lui causer, mais elle savait qu'elle irait jusqu'au bout de ce périple et qu'elle le reverrait. Peut-être que ce voyage ferait toute la différence.

Napatsi était très attiré par la beauté de cette contrée, si différente de celle où il était né, mais aussi tellement belle. Quoi qu'il en soit, elle était difficile à traverser. Remplie d'eau et de terrains marécageux, il fallait sans cesse faire des détours et bien qu'il ait une bonne idée générale de la direction à suivre, il n'était jamais vraiment sûr d'être sur la bonne route.

L'accident de Jarvis avait eu lieu près de Fort Providence sur la rive nord du Mackenzie. Ce lieu était déjà à quatre jours de marche de l'endroit où ils se trouvaient maintenant. Pour rester le long de la rivière, Napatsi empruntait un trajet vers le nord-ouest en direction de Wrigley et Tulita, deux localités situées au nord de Fort Simpson, sur les rives du fleuve Mackenzie. Ils auraient des montagnes à franchir et de très longues distances à couvrir. Pour faire un voyage pareil, ils seraient obligés à un moment donné d'accepter de l'aide.

Parmi les habitants de Tulita, certains avaient des liens avec ceux du delta du Mackenzie. Ils accepteraient peut-être d'aider ces voyageurs obstinés.

Tout au long de leur périple, Napatsi et Jo croisèrent une faune variée et nombreuse : des animaux que Napatsi percevait bien avant de les voir. À l'époque où il parcourait le pays avec son père, il n'avait jamais ressenti cette impression. Il restait indifférent à la nature, alors que son père, lui, semblait vivre en parfaite harmonie avec celle-ci. Maintenant, Napatsi rencontrait des animaux qui le considéraient comme l'un des leurs, comme un ami en qui on peut avoir confiance et non comme un prédateur.

Depuis quelques jours, la chaleur incommodait Qagijuk, il devait fréquemment s'immerger dans un lac ou un ruisseau pour se rafraîchir et se désaltérer. Il n'était pas habitué à de pareilles températures et il aurait été plus à son aise assis sur un bloc de glace ou allongé sur un banc de neige.

Dans le Nord, par temps chaud et sec, la foudre risque facilement de provoquer des incendies. Plusieurs fois déjà, Napatsi et Jo avaient remarqué des éclairs au loin. Un après-midi, Napatsi flaira une imperceptible odeur de fumée. À peine le temps de s'interroger sur la direction à prendre que la fumée était déjà sur eux. La visibilité s'estompa et l'air devint difficile à respirer.

Napatsi entraîna Jo et Qagijuk précipitamment, le feu se propageait à vive allure et la chaleur intense les rejoignait déjà. Napatsi se dirigea d'instinct vers le nord, et c'est ce qu'il avait de mieux à faire ! Devant eux coulait une rivière. Napatsi n'avait plus qu'à espérer que le feu ne dévastait pas encore la rive opposée. Il ne pouvait la voir, tant la fumée était dense, mais il savait que leur seul espoir était de nager.

– Je suis une très bonne nageuse, dit Jo en lisant dans les pensées de Napatsi. Est-ce que Qagijuk pourra suivre ?

– Les ours polaires sont des nageurs de naissance, répondit Napatsi. Ils ont même des pattes palmées, c'est d'ailleurs ce dont j'aurais bien besoin. Je ne suis pas bon nageur du tout.

– Ne t'inquiète pas, je serai à côté de toi si tu as besoin d'aide.

Jo et Napatsi avancèrent dans l'eau. Après quelques hésitations, Qagijuk les suivit, puis les dépassa bientôt. La rivière était large et la traversée plus longue que ce que Napatsi avait prévu. Ils atteignirent l'autre rive, au moment même où Napatsi crut que la fatigue aurait raison de lui. Il s'étendirent sur le rivage, et prirent un bon moment avant de retrouver leur souffle.

– Continuons, dit finalement Napatsi. Je ne sais pas si nous ferons face au feu de ce côté-ci, mais nous devons rester vigilants, les flammes sur l'autre rive peuvent être déportées jusqu'ici à tout moment. Plus nous mettrons de distance entre nous et le feu, et mieux ce sera.

Au moment où ils quittèrent la rivière, la fumée commençait à diminuer. Les trois compagnons reprirent leur rythme de croisière.

* * *

Quand ils atteignirent une chaîne de montagnes basses, le trajet s'avéra encore plus difficile pour l'ourson. Dans cette aventure, Qagijuk avait beaucoup appris et il ne dépendait plus de Napatsi ou Jo pour la nourriture. Malgré tout il ne s'aventurait jamais très loin d'eux. Il suivait Napatsi de près et devançait ce dernier quand il fallait changer de direction.

Pour le meilleur ou pour le pire, le corbeau les avait adoptés. Il suivait à bonne distance, mais assez près tout de même pour irriter sans cesse Qagijuk.

Quand il y avait de la nourriture, le corbeau était toujours aux aguets, prêt à la voler, mais toujours hors d'atteinte quand l'ourson se rebiffait.

Malgré son comportement désagréable, le corbeau fut un allié précieux. À plus d'une occasion, Napatsi sentait le danger et le corbeau pouvait en identifier la source et prévenir le trio par son croassement sonore.

Un après-midi, alors qu'ils atteignaient la fin de la chaîne de montagnes, ils firent une pause au bord d'un ruisseau pour se rafraîchir et se reposer. Ils avaient voyagé depuis l'aube, et Qagijuk avait trouvé la journée fatigante.

L'ourson plongea dans le ruisseau et s'y ébattit à plaisir. Jo et Napatsi s'allongèrent sur le rivage et somnolèrent.

Quand Napatsi s'éveilla, il décida d'explorer la falaise, qui surplombait une gorge. Parvenu au point culminant, il s'installa sur le dos et tendit son visage vers le soleil. Une douce chaleur l'envahit et il ferma les yeux pour apprécier cet instant. Soudain, il perçut, plutôt qu'il n'entendit, une présence derrière lui. Il se retourna lentement et regarda droit dans les yeux Nodah, le couguar. L'énorme félin avait silencieusement rampé jusqu'à lui.

À ce moment des bruits de cailloux ricochant sur la corniche détournèrent l'attention de Napatsi et du couguar. Un petit mouflon de Dall sur la corniche les regardait avec effroi.

Le couguar observa Napatsi quelques secondes avant de faire demi-tour, puis de disparaître à pas feutrés sous le couvert des arbres.

Napatsi reprit son souffle, et, soulagé, s'affaissa sur le sol. Il n'avait pas réalisé qu'il avait retenu sa respiration pendant tout ce temps et maintenant il haletait en quête d'air. Il regarda le ciel, inspira profondément, puis il osa diriger son regard vers la corniche : le mouflon avait disparu.

Napatsi retourna à leur campement provisoire et s'assit à côté de Jo qui dormait encore. Il attendit qu'elle ouvrit les yeux pour lui raconter l'histoire du mouton et du couguar. En conclusion, il lui dit :

– Je suppose que tu ne me crois pas.

Je ne suis pas sûr moi-même de croire à tout ce qui nous arrive ces derniers jours.

– Mais si, je te crois. Tu dis que ton grand-père t'a appris que la vie de chaque personne est écrite par les grands esprits ; c'est peut-être ton destin. Les animaux semblent avoir d'étranges liens avec toi. Je ne peux pas l'expliquer. Ton père n'avait pas tort à propos de ton don, il s'est seulement trompé sur l'utilisation que tu dois en faire.

Chapitre 8

Ituk racla son couteau sur la meule, encore et encore. La lame était aiguisée depuis longtemps, mais il ne s'en était pas aperçu.

– Si tu n'arrêtes pas ça tout de suite, Ituk, tu n'auras plus de lame, il ne te restera que le manche.

Ituk regarda sa femme, puis le couteau sur lequel il travaillait. Il avait l'esprit ailleurs, à des kilomètres de là. Il posa le couteau et se leva pour aller nourrir les chiens. Talik déposa son *ulu* et la peau sur laquelle elle travaillait, et le suivit.

– Ituk, depuis que Napatsi a disparu, il n'y a pas moyen de te parler. Tu sais que je partage tes sentiments et pourtant tu ne veux pas me parler. Tu manges peu et dors encore moins. Je sais que tu essaies de t'occuper et de forcer ton esprit à penser à autre chose, mais je vois très bien à quel point tu es rongé de l'intérieur. Tu n'as pas à te reprocher ce que ton fils a fait. Tous les pères se disputent avec leurs fils et la faute est toujours partagée. Moi aussi, j'ai de la peine, alors il faut que nous parlions et que nous partagions nos sentiments tous les deux.

Ituk apporta les seaux de poissons et d'eau aux chiens qui aboyaient bruyamment à son approche. Il remplit leurs assiettes et recula d'un pas pour regarder ce repas frénétique. Il marcha jusqu'à l'une des boîtes en contre-plaqué qui servaient de niche aux chiens et s'assit. Talik suivit et resta près de lui, silencieuse. Finalement, Ituk prit la parole :

– Oui, Talik, je m'en veux. Si je n'avais pas été si sévère avec ce garçon peut-être qu'il se serait confié à moi au lieu de s'enfuir. Je voulais ce qu'il y a de mieux pour lui, et tu sais aussi bien que moi que la ville est un endroit très dur pour quelqu'un du Nord. Il y a tant de pièges dans la grande ville. Mais je dois accepter que le monde change et que les adolescents veuillent suivre l'évolution du monde.

Ses yeux croisèrent ceux de sa femme et il hocha la tête.

– Au lieu d'essayer d'influencer mon fils, j'ai essayé de lui imposer mes idées par la force, c'était une erreur. Je voulais lui apprendre ce que mon père m'avait appris. Mais Napatsi n'avait jamais le temps de m'écouter et c'était si frustrant. Nous avons essayé d'apprendre à nos enfants ce qu'il y a de meilleur dans notre culture et où est-ce que ça nous a menés ? L'année dernière Panik a arrêté de parler notre langue, et Napatsi refuse de la parler sauf s'il n'y a personne qui puisse entendre, parce qu'il est gêné. Il m'a même dit une fois que si nous voulions sortir de notre ignorance, ou bien même voyager, nous devrions apprendre l'anglais !

Ituk marqua une pause avant de continuer :

– Quand je suis allé dans le Sud à la recherche de Napatsi, je me sentais désemparé. Je ne connais pas cet endroit comme je connais notre village. Tout ce que je pouvais faire c'était suivre les autres qui me guidaient comme un petit enfant. Je sais que James Strong est un homme bien et même si le gouvernement a stoppé les recherches, il continuera à chercher, mais à un moment donné il faudra bien qu'il arrête. Et que ferons-nous à ce moment-là ? Napatsi était encore un enfant.

– Napatsi est vivant !

Ituk s'accrocha à ces mots prononcés par sa femme. Il commença à sourire.

– Ce n'est plus un enfant, Talik, c'est un homme. Il sait comment chasser et survivre. Il rentre à la maison !

Ituk prit sa femme par la main et ils

rentrèrent chez eux.

– Nous devons téléphoner à James Strong pour être sûrs que les recherches continuent !

* * *

Les jours passaient et nos trois compagnons arrivèrent enfin au bout de la petite chaîne de montagnes. Le fleuve Mackenzie s'étendait devant eux à perte de vue. Les courants remontaient du sud vers l'océan Arctique.

– Sommes-nous proches de Sachs Harbour ? Est-ce que c'est le dernier coup de cravache du voyage ?

– Ce n'est pas si facile, Jo, soupira Napatsi. Tant que nous suivrons le fleuve, nous aurons une petite idée de l'endroit où nous sommes. D'après mes calculs, nous ne devons pas être très loin de Tulita. Le problème c'est que le fleuve ne rejoint pas l'océan par le chemin le plus direct. Le Mackenzie est le fleuve le plus large du Canada. Tu vas voir à quel point il est formé de méandres et de détours. Si nous pouvions voler comme ce stupide corbeau et continuer en ligne droite comme une flèche, il nous faudrait seulement quelques jours pour atteindre notre but. Mais en suivant le fleuve, le chemin qu'il nous reste à parcourir prendra plus d'une semaine. Plus nous marcherons vers le nord et plus nous butterons sur des affluents. Ensuite le delta du Mackenzie se ramifie en tant de bras que tu peux te perdre à la vitesse de l'éclair. C'est le deuxième plus grand du monde ! Nous allons avoir besoin d'aide !

Napatsi se tut, il regardait de l'autre côté de la rivière.

– Nous n'avons plus qu'à chercher l'aide nécessaire et finir le voyage tel que nous l'avions prévu !

Napatsi lisait la détermination dans les yeux de Jo.

– Tu as raison. Je savais que nous

aurions besoin d'aide à un moment ou à un autre. Nous allons suivre la rivière et espérer que nous arriverons bientôt à Tulita.

Les jours suivants, le voyage fut plus facile, car le trio entrait sur un terrain plus plat. Jo observait les liens de plus en plus étroits entre Napatsi et Qagijuk. Quand l'ourson était effrayé par ce monde dans lequel il avait été précipité contre sa volonté, Napatsi prenait la place de sa mère et lui apprenait à se débrouiller. Un regard de Napatsi suffisait à Qagijuk pour prendre la bonne direction. Quand le jeune ours sentait un autre animal ou ce qu'il pensait être un danger, il n'y avait besoin d'aucun signe pour que Napatsi le sache.

* * *

Cette partie du fleuve ne faisait pas autant de coudes que l'avait imaginé Napatsi, et à chaque pas, il sentait qu'ils se rapprochaient de la maison. D'après ses calculs, ils n'étaient plus très loin de Tulita. Tulita se situait sur les berges du fleuve, ils ne pouvaient donc pas la manquer tant qu'ils suivraient le cours d'eau. Ils devraient prendre contact avec quelqu'un à cet endroit s'ils voulaient continuer.

Ils avaient vécu de poissons et de petits gibiers que Napatsi chassait à l'aide de sa lance ou de pièges. Jo avait reconnu quelques plantes comestibles, incluant quelques variétés de champignons, mais il leur fallait beaucoup plus de provisions pour traverser l'immense étendue de terre qui s'ouvrait devant eux.

Un beau matin ensoleillé, ces pensées préoccupaient Napatsi alors qu'ils marchaient dans un petit sous-bois non loin des berges du fleuve. Il sortirent de ce sous-bois et entamèrent une longue marche à travers une vallée remplie d'herbes sauvages et de mousse.

Napatsi tendit l'oreille. Le bruit d'un avion qui n'avait rien de différent de ceux qu'ils avaient entendus jusque là l'inquiétait plus que d'ordinaire. Bientôt Jo entendit le vrombissement et leva les yeux vers le ciel.

En se rapprochant, le bruit des moteurs révéla à Napatsi qu'il ne s'agissait pas d'un avion, mais d'un hélicoptère. À l'horizon, il vit une tache qui commençait à grossir à une allure inquiétante. Napatsi regarda de l'autre côté de la clairière et réalisa que l'hélicoptère les aurait rejoints bien avant qu'ils puissent être à couvert.

– Cours ! cria-t-il à Jo.

Il courut à toutes jambes droit devant lui. Il jeta un coup d'œil derrière, et vit Jo tomber. Napatsi revint sur ses pas à vive allure pour l'aider à se relever. Jo se redressa, essayant tant bien que mal de cacher sa douleur, mais rechuta aussitôt, sa cheville blessée incapable de supporter son poids. Napatsi plaça son bras sous l'épaule de Jo et clopina aussi vite que possible, entraînant Jo dans sa course, Qagijuk bondissant derrière eux. Ils étaient encore loin d'être à l'abri.

– Ici !

Napatsi tourna la tête dans tous les sens pour essayer de localiser la voix de l'étranger. Au début il ne voyait rien, mais très vite il aperçut un garçon de son âge qui apparaissait d'une anfractuosité dans le sol. Il décrivait de larges mouvements de bras pour les attirer vers lui. Napatsi prit Jo dans ses bras, parcourut rapidement les quelques mètres qui les séparaient du trou et se précipita à l'intérieur. Qagijuk était juste derrière et ils tombèrent au fond les uns sur les autres.

Napatsi tendait l'oreille pour écouter l'hélicoptère par-dessus le bruit de leur respiration, s'attendant à ce qu'il se pose tout près.

Mais rien ne se passa. L'hélicoptère les survola et continua sa route.

Peu à peu, Napatsi retrouva son souffle. Il sentait Jo qui gesticulait derrière lui. Il se précipita pour aider Jo à se redresser, tandis que Qagijuk se relevait maladroitement. Jo parvint à s'asseoir et entreprit d'essuyer la saleté de son visage. Dans un hoquet, elle cracha une bouchée de terre et de sable aux pieds de Napatsi.

– Mon nom est Alfred, dit le jeune homme en tendant la main à Napatsi. Je vis dans une communauté non loin d'ici qui s'appelle Tulita. Nous devrions y aller avant qu'il ne soit trop tard ou que l'hélicoptère ne revienne. L'homme blanc et l'hélicoptère sont là depuis quelques semaines. Il n'a jamais dit ce qu'il cherchait, mais il revient tous les jours pour chercher encore. Ce soir, il va dans la communauté de Norman Wells, mais il peut revenir. L'homme blanc sera dans notre village tard dans l'après-midi. C'est juste après cette butte. Dès qu'il sera parti, nous nous mettrons en route.

Ils s'installèrent tous dans l'ombre et Alfred continua à parler.

– Il y a deux jours, un de nos Aînés a fait un rêve. Dans son rêve, il a vu un ours blanc et un garçon qui courait en pleine nature. L'Aîné a dit que ce garçon avait une mission spéciale et que son arrivée signifierait santé et bonheur pour le Déné du Sahtu qui aiderait le garçon et aussi que son peuple en serait béni. L'Aîné a aussi dit qu'une fille suivait le garçon et l'ours. Cette fille possédait une chevelure de feu.

Napatsi et Jo se regardèrent incrédules, mais restèrent silencieux.

Ce soir-là, une étrange procession fit une entrée silencieuse dans la communauté de Tulita. Alfred courait devant et ameutait les habitants du village pour qu'ils viennent à leur rencontre.

Napatsi s'assit sur la galerie de la maison d'Alfred et regarda le fleuve Mackenzie. La plupart des maisons étaient en rondins, construites parmi les arbres sur la berge face au fleuve. À ce détail près, ces maisons ressemblaient beaucoup à celles de Sachs Harbour, et Napatsi réalisait ce que représentait ce pays pour les Dénés de Tulita, autant que pour les Inuvialuit et les *Inuit*. Le fleuve était une source de vie. Il contemplait les bateaux qui allaient et venaient et les pêcheurs qui voguaient et vérifiaient leurs filets. Un peu plus tard dans la soirée, le père d'Alfred fit visiter le village aux deux amis. Il expliqua à Jo que Tulita voulait dire « là où les rivières se rencontrent ».

L'eau de la rivière aux Ours était claire et limpide là où elle coulait dans un Mackenzie plus large et plus boueux. Ils remarquèrent un gros rocher de l'autre côté de la rivière, dont la surface était marquée. Le père d'Alfred suivit leur regard et leur apprit qu'on l'appelait le rocher aux ours.

Jo et Napatsi reçurent un accueil particulier dans la maison d'Alfred. Ils y passèrent la nuit et il y eut une petite fête en leur honneur. Ils avaient pensé qu'il était préférable de laisser Qagijuk à l'écart pour la nuit, alors ils l'avaient laissé dans un chenil juste en dehors de la communauté.

Ils prirent place autour d'un feu, haut sur la berge surplombant la rivière et apprécièrent la compagnie de leurs hôtes. Témoin des chants et des danses de ce peuple, Napatsi sentit qu'il était proche de chez lui.

Peu de temps après, un Aîné s'avança pour leur raconter l'histoire du géant « Yamaria ».

– Il y a très longtemps, le géant Yamaria créa le fleuve Mackenzie et tous les lacs qui l'entourent. Ils se formaient au fur et à mesure que le géant laissait ses traces de pas dans le terrain boueux. Le géant pourchassa trois castors et quand il les eut attrapés, il plaça les trois peaux de castors sur le rocher aux ours et vous pouvez encore y voir les marques aujourd'hui. Il remonta ensuite la rivière aux Ours jusqu'à Déline où il déposa toutes ses affaires dans la rivière. Un rocher en forme de flèche se dresse toujours à cet endroit-là où la rivière aux Ours et le fleuve Mackenzie se rencontrent. Pour cette raison, le rocher aux ours a une signification spéciale et un pouvoir spirituel pour les Dénés des montagnes.

Alfred était assis avec Jo et Napatsi, cette soirée lui procurait beaucoup de plaisir. Napatsi devenait de plus en plus renfermé, luttant avec ses pensées.

– Je sais que les Aînés croient aux esprits, et que les animaux et les gens peuvent avoir des pouvoirs spéciaux, mais il m'est difficile de croire que je pourrais être spécial de cette façon-là.

Alfred se tourna vers Napatsi et dit :

– Je crois qu'il se passe quelque chose de spécial. Tu ne devrais pas prendre les croyances autochtones à la légère. Je suis convaincu que le rêve de l'Aîné était vrai, et tu en es la preuve vivante. J'avais l'habitude de remettre en question les légendes et les histoires que notre peuple raconte, mais il y a de la sagesse dans leurs mots.

Après une courte pause, Alfred continua :

– Il y a plusieurs années, il y a eu un terrible incendie de forêt non loin d'ici. Comme il se rapprochait chaque jour davantage, il a fallu commencer à évacuer le village. La plupart des gens savaient que le village serait détruit et que tout serait perdu. Le feu en pleine rage gagna le rocher aux ours, mais ne le dépassa jamais ! Il changea de direction, et ce sont peut-être les pompiers et la nature qui se chargèrent de l'éteindre. Pour les Aînés, c'est le pouvoir du rocher aux ours qui nous a protégés et qui a occasionné le changement de direction du feu. Certains diront que c'est juste une coïncidence, mais pour ma part je n'ai plus jamais douté des croyances de mes Aînés.

Pendant son sommeil cette nuit-là, Napatsi rêva qu'il était entré dans le monde des esprits où des lambeaux de brume tournoyaient autour de sa tête. Les animaux le dépassaient, et il voyait des feux et d'étranges créatures qu'il n'avait jamais vues auparavant.

Quand il se réveilla le jour suivant, il se souvenait de fragments de rêve et décida d'en étudier le sens caché.

Chapitre 9

Comme le voulait la coutume, Napatsi et Jo furent bénis par les Aînés. Ils reçurent de nombreux cadeaux utiles pour le voyage. Puis avec Qagijuk, ils furent accompagnés jusqu'au fleuve où un bateau les attendait. Qagijuk s'installa docilement dans le fond du bateau. Depuis sa chute, la cheville de Jo était encore endolorie, Jo fut donc ravie d'utiliser ce moyen de transport. C'était plus reposant et sa blessure disparaîtrait plus vite.

En quelques heures, ils arrivèrent à Fort Good Hope, sur les bords du Mackenzie où les Dénés de Hareskin les reçurent avec une nouvelle fête en leur honneur.

Après les festivités, Jo décida de se

promener seule dans le village. Elle marcha le long des routes gravelées qui traversaient la communauté ; il y avait peu de véhicules et peu de piétons. Sur la route principale traversant le centre du village, elle passa devant des étalages de poissons en train de sécher et des fumoirs où l'on préparait la viande de caribou. Dans les arrière-cours, les peaux étaient tendues sur des supports pour faire des vêtements ou des objets artisanaux.

De la rue principale, Jo prit un chemin qui menait à la rivière. Elle s'extasia devant la beauté de ce pays qu'elle savait être si important pour les Dénés. Le silence et les étendues à perte de vue la surprenaient, elle était si près des maisons et des activités de la communauté.

Pendant ce temps, Napatsi alla voir l'église dont son père lui avait si souvent parlé ; elle était célèbre dans tout l'Arctique pour ses magnifiques fresques.

Il ouvrit la porte, et sans détacher son regard du plafond, il se laissa glisser doucement sur un des bancs en bois. Tout l'intérieur de l'église avait été peint par des prêtres qui avaient travaillé pour la communauté. La voûte représentait un ciel bleu rempli d'étoiles. Des images de saints, de Jésus et de la Sainte Vierge décoraient les murs de haut en bas.

Dans la soirée, Napatsi et Jo gagnèrent l'énorme édifice en rondins qui tenait lieu de centre communautaire, et écoutèrent les tambours de Fort Good Hope jouer et chanter.

Jo demanda :

– C'est comme ça à Sachs Harbour ?

– Oui et non, répondit Napatsi. Le paysage lui-même ne ressemble pas du tout, mais l'importance attachée aux terres est la même. Quand j'étais petit et que je vivais à Cambridge Bay, beaucoup de gens travaillaient pour le gouvernement le jour. Quand le temps se réchauffait, ils plantaient leurs tentes à l'extérieur du village dans des lieux qui leur appartiennent depuis des années. Tous les matins, ils partaient travailler et le soir ils rentraient au camp. Pour la plupart des peuples autochtones du Nord, le pays et la tradition leur donnent à la fois de l'énergie et de la joie. S'ils quittent les terres trop longtemps, ils ressentent le besoin d'y retourner pour y puiser leur force intérieure.

Napatsi ferma un instant les yeux, et reprit :

– Je sais que mon père est plus heureux quand il est sur les terres. Il se sent en symbiose avec celles-ci. Moi aussi d'ailleurs, quand j'étais petit, mais quelque part dans mon enfance j'ai perdu cet attachement à la terre. Découvrir la ville et réaliser ce voyage m'ont permis de retrouver cette sensation perdue.

* * *

Le temps était venu de reprendre la route, et les trois voyageurs continuèrent vers le nord en bateau. Au fur et à mesure de leur parcours, le paysage changeait. Les arbres étaient plus petits et l'air plus froid. Les berges du fleuve étaient très hautes, et deux jours plus tard ils arrivèrent à l'endroit où se rencontrent le grand Mackenzie et la rivière Rouge. Là, sur la rive, le long de la rivière Rouge, se dressait Tsiigehtchic. C'était le pays des Dénés de Gwich'in.

Pour quitter Tsiigehtchic, ils avaient le choix entre prendre l'autoroute Dempster vers le nord pour gagner Inuvik, ou bien traverser le fleuve et prendre la Dempster vers l'ouest jusqu'à Fort McPherson. Ils décidèrent de prendre le traversier jusqu'à la rive ouest pour rejoindre Fort McPherson. De là, ils descendraient la rivière Peel vers le nord jusqu'à Aklavik, perdue au cœur du delta du Mackenzie.

Leur choix venait du fait qu'en passant

par Inuvik, ils risquaient trop facilement de se faire remarquer. C'était une grande communauté, dans laquelle il aurait été impossible pour Napatsi, Jo et Qagijuk de passer inaperçus.

Napatsi craignait en allant à Inuvik de rencontrer Jarvis, et qu'ensuite ils ne puissent finir leur voyage seuls.

À Tsiigehtchic, une légère traînée de neige sur le sol les informa que non seulement l'été était venu tard, mais encore que l'hiver arrivait tôt. Le temps chaud aura été court et visiblement le temps froid s'installait déjà. S'ils voulaient aller à Aklavik en bateau il fallait qu'ils se dépêchent de partir.

C'est dans un camion, bien dissimulés sous une bâche, que nos trois voyageurs prirent le traversier et furent conduits jusqu'à Fort McPherson. Là, le Gwich'in prit Qagijuk, nourrit l'ourson et le mit dans un chenil près des berges de la rivière Peel.

À Fort McPherson, Jo et Napatsi

restèrent avec le très respectable Aîné, Johnny Charlie, qui avait été un temps le chef des Gwich'in. Il amènerait Napatsi, Jo et Qagijuk à Aklavik dès qu'ils seraient prêts.

Avant de continuer leur route, Johnny Charlie emmena Napatsi dans son chaland sur la rivière Peel et lui fit visiter les alentours. Il lui indiqua un large rocher sur le haut de la berge.

– Voici Shildii Rock. Il y a une histoire qui circule à propos de ce rocher de génération en génération. Il était une fois un vieil homme qui vivait avec sa femme, ses trois fils et sa fille. La fille Ts'eh'in possédait des pouvoirs magiques, disait-on.

En été, ils pêchaient et ils campaient à Scraper Hill, Deeddhoo Goonlii. Un jour le vieil homme parla à ses fils. Il leur dit : « Mes enfants, j'ai besoin de viande. Il me faut de la nourriture. Allez dans les montagnes ! » Les garçons partirent et la fille resta avec sa mère et le vieil homme.

Les garçons se dirigèrent vers les montagnes Richardson, à l'ouest de Fort McPherson.

La mère, connaissant les pouvoirs de sa fille, lui parla : « Ma fille, bientôt tes frères vont revenir. À leur retour, tu ne dois pas les regarder et tu ne dois rien dire. » À cette époque, autour de Shildii Rock, il n'y avait rien d'autre qu'une vaste étendue de terre. Il n'y avait pas de saule sur la colline. De là où elle se situait, il suffisait à la jeune fille de regarder en aval de la rivière pour voir aisément ses frères rentrer. Sa mère le savait.

Le temps passait et la jeune fille s'ennuyait, ses frères lui manquaient beaucoup, et elle avait hâte qu'ils reviennent. Sa mère l'avait prévenue, mais elle oublia la mise en garde.

Le jour où elle vit ses frères accourir vers elle, elle s'écria joyeusement : « Maman, mes frères sont de retour ! » D'un coup les trois frères se transformèrent en rochers, trois piliers alignés. Le chien qui était avec eux fut transformé lui aussi en rocher. Shildii Rock, c'est le chien.

Quand tout cela est arrivé, leur mère était en train de faire cuire de la bannique et on dit que la bannique aussi s'est transformée en rocher. Aujourd'hui, si tu regardes attentivement Scraper Rock, tu verras les cailloux qu'elle utilisait pour cuire sa bannique. Quand des gens passent à Shildii Rock, ils laissent quelque chose qui leur appartient par respect pour le rocher.

* * *

Il y avait de la neige sur les montagnes Richardson, et il y en aurait aussi sur le sol à Aklavik. Napatsi, Jo et Qagijuk descendirent la rivière Peel dans le chaland de Johnny Charlie qui leur servait de guide vers Aklavik. Le trajet prendrait moins d'une journée par le chenal Huskey, en coupant à travers les montagnes Noires, jusqu'à la rivière aux Rats.

– Cette partie de la rivière aux Rats est très connue, leur dit Johnny Charlie. Il y a des années, un homme qu'ils appelaient le « trappeur fou de la rivière aux Rats » vivait ici. Il avait commencé par voler de la nourriture dans les pièges des Gwich'in, qui habitaient cette région. Ils se plaignirent à la Gendarmerie Royale du Canada.

La GRC rendit visite au trappeur dans sa cabane, mais il tira et blessa un des officiers. Le trappeur fou essaya de s'enfuir, et tua un autre policier durant la poursuite. Ils ont fini par rattraper et tuer le trappeur fou, mais ils n'ont jamais su qui il était vraiment.

– J'ai appris l'histoire du trappeur fou à l'école, dit Jo. Je n'aurais jamais cru qu'un jour je serais sur la rivière juste à côté de sa cabane !

Le jour déclinait et l'air devenait froid. Quand finalement ils atteignirent

Aklavik, il faisait presque noir et la visibilité était réduite.

Qagijuk fut laissé à l'extérieur de la communauté, et les deux amis furent rapidement emmenés dans une maison où ils seraient logés pour la nuit. La glace avait commencé à se former sur les plus petits canaux du delta. Il ne serait pas possible de continuer le voyage en bateau. Il fut décidé que Napatsi, Jo et Qagijuk resteraient à Aklavik jusqu'à ce qu'ils puissent continuer en motoneige en toute sécurité. Ils prendraient la route vers Tuktoyaktuk.

Aklavik s'étendait aux pieds des montagnes Richardson, au cœur du delta. Les Dénés Gwich'in et les Inuvialuit vivaient là. Les voyageurs avaient été entourés de la plus grande discrétion possible, mais des rumeurs s'étaient répandues.

La GRC postée à Aklavik remarquerait à coup sûr des figures étrangères, Napatsi et Jo devaient rester vigilants et ne pas s'aventurer en public. Ils leur fallait limiter le temps qu'ils passaient dehors, et pour rendre visite à Qagijuk ou visiter les environs, ils devaient redoubler de prudence.

Avant leur départ, Jo fut invitée à une chasse au caribou, elle apprit aussi à faire de la bannique, à tanner des peaux et encore beaucoup d'autres usages locaux particuliers aux femmes Gwich'in.

Quand les conditions le permirent, ils enfourchèrent deux motoneiges prêtées par des membres de la communauté. Il était prévu qu'ils les rapporteraient dès qu'ils le pourraient.

Qagijuk galopait derrière Napatsi et Jo alors qu'ils parcouraient le delta. Ils transportaient les vivres qu'on leur avait offerts, incluant de l'essence et d'autres provisions, sur des traîneaux fournis par les Gwich'in.

Napatsi ne dormait plus à la belle étoile dans son sac de couchage. Il dormait dans une tente de grosse toile fabriquée à Fort McPherson, mais la chaleur produite par le four *Coleman*, qu'ils utilisaient pour la cuisine, lui suffisait le plus souvent. Le voyage était bien plus rapide en motoneige, mais il leur fallait quand même attendre Qagijuk. De plus, il faisait nettement plus froid maintenant que les arbres s'espaçaient, et ne leur offraient plus de protection.

– Là ! cria Napatsi.

Plein gaz, il fonça vers une forme isolée qui se découpait sur l'horizon. Il ne s'arrêta pas avant d'avoir atteint la silhouette large faite de pierres empilées les unes sur les autres.

– C'est un *inuksuk*, expliqua-t-il à Jo. Mon peuple utilise les *inuksuit* depuis des siècles pour se guider pendant les voyages. Il s'en sert aussi pour marquer le passage des hordes de caribous et pour entreposer la viande que les chasseurs récupèrent en fin de journée.

L'*inuksuk* résiste au temps et nous rappelle quel est le droit chemin.

La vue de ce talisman porte-bonheur soulageait Napatsi et Jo, pourtant leur enthousiasme ne dura pas. Très vite, ils furent distraits par les bruits d'un hélicoptère qui se dirigeait vers eux !

Napatsi entendait les bruits du moteur s'amplifier derrière lui. La neige voltigea dans une détonation fulgurante juste devant lui, et il comprit qu'on lui tirait dessus !

Qagijuk le devançait de quelques mètres. L'ours sursauta soudain et se figea au sommet de son ascension devant la vaste plaine. Quelques secondes plus tard, Jo marqua le même arrêt aux côtés de Qagijuk et regarda derrière elle. Quand Napatsi les eut rejoints au sommet, il comprit ce qui les empêchait de poursuivre leur course.

L'océan Arctique déchaîné et menaçant coupait leur retraite sans pitié ! Ils devaient être plus à l'ouest que ce que

Napatsi avait prévu.

Napatsi se tourna, une rafale de vent dégagea ses cheveux de son front. Tout près d'eux, l'hélicoptère se posait. Jarvis s'élança du siège de pilote et courut ventre à terre vers le trio qui tentait de s'éloigner. Très sûr de lui, Jarvis ralentit délibérément l'allure, s'avança lentement et empoigna son fusil.

Napatsi, Jo et Qagijuk avaient reculé sur une fine couche de glace qui bordait la rive de l'océan et n'avaient nulle part où aller. Jarvis prenait son temps, il marcha jusqu'au bord de la glace, épaula son fusil et visa Qagijuk.

Sous Jarvis la glace explosa ! Il fut projeté en arrière et dans un bref cri de terreur, un tourbillon d'eau l'engloutit. Napatsi et Jo le virent disparaître sous la glace. Des bulles remontèrent à la surface et le fusil de Jarvis réapparut.

Napatsi s'avança et s'agenouilla. Jo se laissa tomber sur les genoux, elle avait envie de vomir. Elle regardait

Napatsi sans pouvoir prononcer un mot.

– Il est mort.

Jo se releva et tituba jusqu'à sa motoneige. Elle cacha son visage dans ses mains et se mit à sangloter. Napatsi était désemparé.

– On ne pouvait rien faire. Jarvis aurait tué Qagijuk. L'eau est très froide et la glace ne pouvait pas supporter son poids. Il a été aspiré par des courants, et il n'y avait aucun moyen de l'aider une fois qu'il était en dessous. C'est fini maintenant.

Jo savait que Napatsi avait raison, mais elle n'avait jamais été témoin de la mort de quelqu'un jusqu'à ce jour et le choc était difficile à supporter.

Napatsi s'assit sur sa motoneige et tenta de percer l'horizon au-delà des eaux.

– Où est Tuktoyaktuk ?

Napatsi se tourna vers Jo et constata avec plaisir que son visage avait presque retrouvé toutes ses belles couleurs.

– C'est vers le sud-est. Nous sommes allés trop loin vers l'ouest et le nord. Ce qui veut dire que nous devons rebrousser chemin, mais ça ne devrait pas être très long. Mon père a un ami, Wilfred Pokiak, qui vit là-bas. Il travaillait sur une goélette dans cette région et pourra peut-être nous aider.

Jo opina et démarra sa motoneige.

- Allons-y, Napatsi ! Je veux partir le plus loin possible de cet endroit.

Chapitre 10

Napatsi et Jo restèrent à l'extérieur de Tuktoyaktuk jusqu'à ce que la communauté paisible soit plongée dans l'obscurité totale. Napatsi ne voulait pas se faire remarquer, mais ils avaient besoin d'aide. Il savait, depuis l'épisode avec Jarvis, qu'ils devaient être encore plus prudents. Plus ils approchaient de leur but et plus ils risquaient d'être reconnus.

Jo et Napatsi laissèrent Qagijuk et se faufilèrent discrètement entre les rangées de maisons. Deux riverains en parkas sur leur motoneige glissaient dans la nuit. Contenant sa nervosité, Napatsi ralentit et dépassa une femme qui marchait le long de la rue. Il lui demanda le chemin pour se rendre à la demeure de Wilfred. Jo garda la tête baissée et son capuchon bien fermé pour ne pas être reconnue, puis ils repartirent sur la route gravelée pleine de neige compactée.

Elle voyait des étincelles provoquées de temps à autre par les skis de la motoneige de Napatsi quand il heurtait du gravier.

Napatsi laissa Jo avec les motoneiges, ouvrit la porte et entra. Dans le Nord, les amis n'ont pas besoin de frapper à la porte avant d'entrer.

– Bonjour !

Napatsi reconnut la voix de Wilfred dans l'autre pièce pendant qu'il enlevait ses bottes. Wilfred rendait souvent visite à la famille de Napatsi à Sachs Harbour.

– Bonjour ! répondit Napatsi en retour. Il rendait à Wilfred son salut en inuvialuktun.

Au son de son propre dialecte, Wilfred passa la tête dans l'encoignure. Il ouvrit de grands yeux surpris et se précipita vers Napatsi pour le serrer dans ses bras.

– Celui qui avait disparu a été retrouvé, murmura-t-il enfin en inuvialuktun.

Wifred ne mesurait que 1,65 m, mais ce qu'il perdait en taille il le compensait par sa corpulence. Il était trapu de nature et les années de travail sur les terres l'avaient rendu musculeux. Son visage était usé par le temps, et sa peau tannée par les années passées sur la neige et les océans. Une énorme moustache qu'il lissait fréquemment et qu'il incurvait au bout divisait sa petite tête chafouine. Du coin externe de son œil gauche jusqu'au sommet de son oreille gauche courait une cicatrice profonde. Sur une autre personne cette cicatrice apparaîtrait comme sinistre ou effrayante, mais sur Wilfred ça rendait simplement son sourire encore plus chaleureux.

Wilfred installa Napatsi dans le salon et l'assit à côté du four à bois rempli de bois flotté. Napatsi se blottit un peu plus près du feu et en prenant une tasse de thé commença à parler. Il parlait en inuvialuktun et narra toute son aventure à Wilfred. À plusieurs reprises, Wilfred secouait la tête incrédule ou approuvait d'un solennel *Aa*.

– Bon, et où sont l'ours et la fille maintenant, Napatsi ? demanda-t-il alors que Napatsi terminait son récit.

– L'ours est juste à l'extérieur du village, là où je lui ai dit de rester, et Jo... Oh non ! Jo m'attend dehors !

Napatsi se précipita à la porte et jeta un regard furtif à l'extérieur. Jo se tenait à quelques centimètres de lui avec un regard livide. Ses cils étaient gelés et son nez brillait d'un rose vif. Avec un regard noir, elle le bouscula et se dépêcha d'entrer dans la maison.

– J'ai beaucoup trop froid pour te demander pourquoi il a fallu si longtemps avant que tu me fasses entrer.

Wilfred se présenta, et avec un sourire, l'aida à retirer sa parka. Il l'installa tout près du feu et lui tendit une tasse de thé. Puis, il reprit place dans son fauteuil.

– Je suis enchanté de te rencontrer, Jo, dit Wilfred avec un large sourire.

Jo ne savait pas si c'était la chaleur ou la gentillesse de Wilfred, mais elle se sentait déjà ragaillardie. Ils restèrent tous les trois en silence, se reposant et regardant les flammes.

– Donc, à partir d'ici, où vas-tu, Napatsi ?

– Tu es la seule personne que je connais qui puisse nous emmener à Sachs Harbour par l'océan.

Wilfred s'enfonça dans son siège, mais Napatsi continua :

– Je sais que tu n'as pas utilisé ta goélette depuis des années, mais je sais que tu l'as si bien entretenue qu'elle paraît encore neuve. Tu as navigué dans les mers de glace pendant de nombreuses années et je sais que tu peux nous aider à rejoindre l'île sans l'aide de quiconque.

Wilfred garda le silence pendant un long moment avant de reprendre la parole :

– La Loutre-des-Mers a fait beaucoup de voyages difficiles. C'est un bon bateau, et l'on peut respecter son histoire. Il a d'abord appartenu à un Aîné vaillant originaire de l'Alaska qui a traversé ces eaux et ensuite s'est installé au Nunavut. Ton père le connaissait. Si ton aventure doit se terminer en beauté, c'est, j'en suis sûr, la Loutre-des-Mers qui fera l'affaire. Je m'en suis occupé comme un parent s'occupe de son enfant, et même si je ne l'ai pas utilisée depuis quelques années, je peux t'assurer que j'ai veillé sur elle.

Le fait est qu'il faudra plusieurs jours pour qu'elle soit prête à naviguer, et si quelqu'un trouve l'hélicoptère, ils commenceront à chercher Jarvis dans le périmètre. Notre tâche sera d'autant plus difficile.

Wilfred remarqua un nuage de

déception sur le visage de ses invités.

– Si nous nous attelons à la tâche tous les trois dès cette nuit, je pense que nous pourrons la mettre à l'eau après-demain.

Jo sauta de sa chaise et serra Wilfred dans ses bras.

– Bon ça va ! dit Wilfred en riant. Même Napatsi ne m'a jamais serré aussi fort.

Les deux nuits suivantes furent bien remplies. Jo aidait autant qu'elle le pouvait et nourrissait Qagijuk qui les attendait toujours à la sortie du village. À plusieurs reprises, Wilfred leur fit visiter les alentours pour leur permettre de souffler un peu. Proche de là, se dressaient trois montagnes en forme de volcans qu'on appellait des *pingos*. Créés au fil de nombreuses années, les *pingos* étaient des monticules dont le noyau central, fait de glace, avait été surélevé par la pression de la glace sous le sol. Wilfred montra à Jo et Napatsi l'endroit où des années auparavant son peuple avait creusé des chambres froides à la base des *pingos*, pour conserver, tel un réfrigérateur, les denrées pendant la saison chaude.

Une ville champignon avait surgi à Tuktoyaktuk à l'époque de la ruée vers l'or noir. Napatsi et Jo virent des derricks et des baraquements abandonnés qui avaient abrité des centaines d'hommes travaillant à l'extraction du pétrole.

* * *

Le troisième soir à Tuktoyaktuk, Napatsi fatigué s'assit à côté de Wilfred.

– Nous sommes prêts à partir. Notre travail est terminé, l'océan est calme et la température convient parfaitement. Il nous faudra utiliser le moteur, mais la mer de glace sera stable et notre voyage devrait être calme. Demande à Jo d'amener l'ours le long du rivage pour que nous ne nous fassions pas remarquer, et nous lèverons l'ancre.

Wilfred resta près du bateau et vérifia encore une fois tous les préparatifs de ces derniers jours. Le travail qu'ils avaient effectué au cours des trois nuits précédentes avait rendu à la goélette toute la splendeur de sa jeunesse. Ils avaient à bord plus de provisions qu'il n'en fallait pour ce voyage qui ne devait durer que quelques jours.

Wilfred émergea de ses préparations finales et remarqua Napatsi, Jo et Qagijuk qui approchaient.

– Tu m'avais dit un ourson, Napatsi. Qagijuk ressemble plus à un mâle à maturité !

Il fit un pas de côté pour laisser passer le trio qui montait à bord. Wilfred tendit le bras avec une certaine hésitation au passage de Qagijuk, et toucha doucement le dos de l'ours. Sans s'arrêter Qagijuk tourna la tête et ouvrit la gueule. Hochant la tête, Wilfred dénoua les cordes et bondit à bord.

Cette nuit-là et le lendemain, le voyage se déroula sans encombre, au-delà de leurs espérances. Il n'y avait pas de vent, et le moteur puissant poussait le solide bâtiment sur les eaux dégagées et les petites accumulations de glace. Le ciel était clair et l'air de plus en plus froid.

– Nous avons eu de la compagnie cette dernière heure, expliqua Wilfred à Jo et Napatsi. Il indiqua l'avant de la proue et ils aperçurent la silhouette d'une énorme baleine boréale.

– Arviq nous tient compagnie.

Ils virent beaucoup d'autres animaux et pas seulement Arviq durant leur voyage. Ils eurent plusieurs fois l'occasion d'admirer des troupeaux de bélugas.

– Est-ce que vous chassez toujours les baleines ? demanda Jo.

– Les Inuvialuit ont la permission de chasser les baleines, ils doivent respecter un quota de vingt *qilalugaq* (des bélugas) chaque année. Mais nous n'en attrapons jamais autant. À l'heure actuelle, il y a presque trop de *qilalugaq*.

Ils se portent bien, mais leur nombre est tel qu'ils vont finir par épuiser leur stock de nourriture. La graisse de baleine contient de la vitamine C. Manger de la graisse, du *mattak*, aidait nos ancêtres à survivre. Aujourd'hui on a gardé quelques camps de chasse traditionnels, mais on tue très peu de baleines.

– Est-ce que vous avez déjà vu des narvals dans cette partie de l'Arctique ?

– Tuugaalik, le narval, ne se trouve que dans l'est de l'Arctique.

Lorsque la Loutre-des-Mers se rapprocha de Sachs Harbour, les conditions se dégradèrent rapidement. Le vent s'était levé, poussant la glace vers l'île Banks. Wilfred arborait une mine lugubre, et Napatsi comprenait que l'inquiétude du marin n'augurait rien de bon.

– Ça va si mal ? hasarda Napatsi.

– Ça va assez mal, répondit Wilfred, mais rien n'est perdu. D'après la direction du vent, je peux supposer que la glace qui nous précède va durcir par blocs, il nous sera alors impossible de naviguer dans de telles conditions. Je vais changer de cap, et passer au large de l'île pour l'aborder par le nord. Il y a une baie de ce côté-là, qui sera sûrement dégagée. Je connais bien cette baie, parce qu'elle s'appelle la baie de la Loutre de mer.

La matinée du lendemain était déjà bien avancée lorsque la goélette entra dans la baie de la Loutre de mer. Ils avaient réussi à gagner la côte nord de l'île sans problèmes. Wilfred et ses passagers débarquèrent sur la rive.

– Tu as un don, Napatsi. Tu dois le découvrir et l'utiliser à sa juste fin. Ce don sera bénéfique à notre peuple, mais aussi aux autres.

Il poursuivit :

– Jo, tu es une brave fille, et tu as fait preuve d'une grande force pour arriver jusqu'ici. Utilise cette force que tu as acquise. Reprends possession de ton pays, Qagijuk, c'est aussi le tien.

Wilfred se tourna et bondit dans sa goélette !

– Salue Ituk de ma part, Napatsi, lança Wilfred en souriant à pleines dents.

Jo et Napatsi firent signe de la main jusqu'à ce que la goélette soit hors de vue.

Chapitre 11

L'hiver était déjà installé à l'île Banks. L'air était frais et les terres recouvertes d'une couche de neige immaculée, solide, charriée par des vents incessants. Napatsi, Jo et Qagijuk s'éloignaient de la rive, et seuls les crissements de leurs pieds dans la neige perturbaient le silence.

Le pays semblait nu et désolé, sans arbre ni végétation. Pourtant Jo était fascinée par la luminosité qui enveloppait tout ce qui l'entourait. C'était la première fois qu'elle observait un pareil phénomène de décomposition de la lumière.

Napatsi vit un *inuksuk* au loin, il savait qu'ils n'étaient plus très loin.

Qagijuk sentait des odeurs familières,

il comprenait lui aussi qu'il était en terrain connu.

Napatsi s'arrêta et examina la vaste étendue de neige.

– Est-ce que tu vois ces rochers au loin ?

Jo suivit son regard et acquiesça.

– Regarde mieux.

Jo plissa les yeux et se concentra sur les objets noirs à l'horizon. Plus elle les fixait, et plus il lui semblait qu'ils bougeaient.

– Mes yeux me jouent des tours. C'est comme s'ils se déplaçaient le long de la colline.

– Bien sûr qu'ils se déplacent ! Ce sont des bœufs musqués ! Le mot que nous employons pour bœuf musqué, c'est *umimmaq*. Nous sommes sous le vent alors si nous prenons notre temps et que nous marchons lentement nous pourrons les approcher de très près.

Ils avancèrent tout doucement et les taches à l'horizon commencèrent à prendre forme. Jo avait vu des images de bœufs musqués, mais ils étaient beaucoup plus impressionnants dans la réalité. Ils n'étaient pas aussi grands que ce qu'elle avait imaginé et bien plus velus que ce qu'elle se représentait. Leurs cornes s'enchevêtraient en courbes disgracieuses, et leur toison tremblait au vent.

Ils ressemblaient à un croisement entre des mammouths laineux et des buffles.

Ils réussirent à avancer le long de la rive tout en restant hors de vue des bœufs musqués jusqu'à s'en approcher de très près. Quand la horde les repéra, le taureau qui semblait être à la tête du troupeau renâcla. Tout le troupeau se mit en branle et forma rapidement un cercle, la queue au centre, et la tête tournée vers l'extérieur pour faire face au danger. Au centre du cercle, les petits étaient bien protégés.

– C'est la technique qu'ils utilisent

lorsqu'ils sont effrayés, dit Napatsi. S'il n'y a que deux bœufs musqués, ils vont se mettre dos à dos pour affronter la menace. Il y en a beaucoup sur l'île Banks.

Napatsi était de plus en plus excité et accélérait l'allure. En chemin, il reconnaissait les repères de douzaines d'expéditions de chasse auxquelles il avait participé avec son père.

– Regarde là-bas ! murmura Jo, en agrippant le bras de Napatsi. Elle désigna du doigt une forme loin devant eux, sur la droite.

Napatsi fronça les sourcils. Il devinait la silhouette d'un chasseur près d'un monticule de neige, allongé sur le ventre, un fusil à la main. Il rampait sur la neige, prêt à surprendre sa proie cachée derrière le monticule. En atteignant le sommet, il s'arrêta pour viser.

Sans faire de bruit, Napatsi, Jo et Qagijuk allongèrent le pas dans la neige. Ils se dirigeaient vers un point d'où ils pourraient observer à la fois le chasseur et le chassé. Ils se déplaçaient parallèlement au chasseur, curieux de savoir ce qui se trouvait de l'autre côté du monticule.

Un gros ours polaire prenait son bain de soleil sur la neige dure et craquante de l'Arctique. Comme le chasseur était face au vent, l'ours ne se doutait pas qu'il était observé.

Napatsi observa le chasseur et vit qu'il se préparait à tirer. L'homme enleva ses moufles de fourrure qui étaient attachées à son cou par des ficelles, et les balança sur son dos. Il épaula son fusil et ajusta sa proie dans le viseur.

Alors que Napatsi observait ce rituel qu'il avait déjà vu des douzaines de fois auparavant, il entendit une série de petits grognements à ses côtés. Il regarda Qagijuk et vit briller dans les yeux de l'ours une étincelle qu'il connaissait bien. Napatsi pivota en direction du chasseur et soudain il se mit à courir de toutes ses forces !

Il vit son père s'installer plus profondément dans la neige pour que son tir soit confortable. Ituk fixait la mère de Qagijuk alors qu'elle respirait tranquillement l'air de l'après-midi.

– Nooon ! cria Napatsi en courant sur la neige.

Son père était sous le vent et Napatsi savait que sa voix tombait dans l'oreille d'un sourd. Il entendait son cœur battre dans sa tête et il ne pouvait plus respirer. Le père de Napatsi visait toujours.

Napatsi vit son père fermer un œil et s'attendit à entendre la détonation que ne manquerait pas de provoquer l'arme à feu.

Ituk détourna la tête du viseur et baissa son fusil. Il ne savait pas pourquoi, mais il se sentait incapable d'appuyer sur la gâchette. Il regarda la grosse ourse polaire devant lui et se leva doucement. Il laissa l'ourse à sa sieste et se retourna. C'est alors qu'il vit le visage de Napatsi droit devant lui !

Le père et le fils se regardèrent attentivement. Le fusil tomba lentement des mains d'Ituk et il marcha tout abasourdi vers son fils.

Napatsi se remit à courir et sauta dans les bras de son père.

Ituk enlaçait son fils en se balançant d'arrière en avant. Il regarda les yeux de Napatsi alors que les larmes coulaient le long de ses joues.

– Je suis de retour, papa, murmura Napatsi en inuktitut. Je suis de retour sur la terre de mes ancêtres.

Qagijuk se précipita vers sa mère qui lui lécha le museau.

Napatsi entraîna son père vers Jo qui attendait en retrait.

– Bonjour, je suis Jo.

– Je sais qui tu es, dit le père de Napatsi. J'ai rencontré ton père quand j'étais à Edmonton pour participer aux recherches, et je sais qu'il va être très heureux d'apprendre que tu es en vie !

Nous allons l'appeler dès que nous serons en ville.

Ituk posa sa main sur le bras de son fils, et Napatsi se retourna pour regarder son père.

– Je suis désolé, j'ai été dur avec toi, dit Ituk.

Napatsi essaya de parler, mais son père leva la main pour lui imposer le silence.

– J'ai été un chasseur comme ton grand-père ainsi que son père. J'ai vu le monde changer et j'ai essayé de l'ignorer. Ce qui est bon pour moi, ne l'est pas forcément pour toi. Tu as été téméraire et fort pour entreprendre ce voyage de retour, et si c'est vraiment le monde des Blancs qui t'intéresse alors, tu dois suivre tes sentiments.

Napatsi sourit à son père et secoua la tête.

– Je n'appartiens pas à la ville. J'ai appris que mon destin n'est pas d'être un grand chasseur comme toi. Nous sommes des chasseurs vaillants. Nous devons perpétrer nos traditions, notre langue et nos coutumes, mais nous devons aussi tenir compte des autres peuples du Nord et ceux du Sud si nous voulons que notre culture survive. C'est dans ce sens que je pense avoir un rôle à jouer.

Ituk sourit et approuva son fils.

– Rentrons à la maison, dit-il doucement.

Alors qu'ils marchaient vers le *qamutiik,* Napatsi s'arrêta, fit demi-tour et regarda Qagijuk et sa mère. Il les vit s'éloigner lentement sur la neige.

Qagijuk s'arrêta pour regarder Napatsi. Il bascula la tête pour sentir l'air, et avança d'un pas chancelant. La mère de Qagijuk émit un léger grognement et après un dernier regard, il la rejoignit.

– Au revoir, mon bon ami, chuchota Napatsi.

Jo posa sa main sur l'épaule de

Napatsi.

– Tu es la bienvenue ici, dit Ituk chaleureusement. Le fait que tu aies accompli ce voyage avec Napatsi montre que tu respectes ce pays et la manière dont vivent les peuples *inuit* et les Inuvialuit. Tu seras notre invitée spéciale à la maison en attendant que nous puissions te ramener à ton père.

D'un claquement de langue, Ituk fit démarrer les chiens. Napatsi et Jo sautèrent dans le traîneau, et Ituk monta devant. Le traîneau glissa sur la neige dans la lumière atténuée d'un crépuscule boréal.

Lexique

aa : oui en inuktitut

Aklavik : communauté située dans le Delta du Mackenzie. Aklavik signifie « l'endroit du grizzli de la toundra ».

amauti : manteau spécial avec un grand capuchon utilisé pour porter les bébés et les petits enfants.

arviq : baleine boréale en inuktitut.

Déné : nom préféré par les peuples aborigènes dans le Nord qui ne sont ni des *Inuit,* ni des Inuvialuit, et sont souvent nommés « Indiens » ou « Premières nations » ailleurs.

Déné des montagnes : peuple déné que l'on retrouve aussi dans la région du Sahtu ou vallée du Mackenzie.

Gwich'in : ce sont les peuples dénés qui habitent le Delta du Mackenzie dans les Territoires du Nord-Ouest. Le terme peut être traduit de plusieurs manières, incluant « l'endroit où l'on vit » ou « peuple ».

Hareskin : peuple déné habitant la région du Sahtu ou vallée du Mackenzie.

igloo : une maison en forme de dôme, construite avec des blocs de neige empilés les uns sur les autres.

Inuit : peuple autochtone de l'est de l'Arctique anciennement appelé des Esquimaux, ils vivent sur le territoire que nous appelons maintenant le Nunavut. *Inuit* se traduit par « les Hommes ». Au singulier, les *Inuit* écrivent *Inuk.* Les *Inuit* du Nunavik (au Québec) préfèrent que l'on écrive *inuit* au pluriel et *inuk* au singulier, malgré les recommandations de l'Office de la langue française.

inuksuk (***inuksuit***, au pluriel) : une formation composée de pierres placées les unes sur les autres. Le terme veut dire « ressembler à, ou agir comme une personne » et prend sa racine dans le terme *inuk*, « une personne ». Ces formations en pierre qui animent plusieurs paysages de l'Arctique, peuvent remonter, dans certains cas, à plusieurs centaines sinon plusieurs milliers d'années.

inuktitut : langue des *Inuit* qui s'écrit en utilisant des symboles appelés le syllabique ou en utilisant des caractères romains. Répandue sur un immense territoire, elle comporte plusieurs dialectes. Pour distinguer leur langue, les *Inuit* du Québec préfèrent l'épeler ainsi : inuttitut.

Inuvialuit : peuple autochtone de l'ouest de l'Arctique qui vit dans les Territoires du Nord-Ouest. Le mot peut être traduit par « le peuple ».

inuvialuktun : langue des Inuvialuit ; elle est

rarement écrite.

Inuvik : centre principal de l'ouest de l'Arctique avec une population approximative de 2500 habitants. Inuvik signifie « la place de l'homme » ou « l'endroit de l'homme ».

Iqaluit : communauté dans le fin fond de l'est de l'Arctique qui est la capitale du Nunavut. Iqaluit signifie « là où les poissons abondent »

itsé : orignal en langue slavey.

Ituk : prénom masculin traditionnel.

kamiik : bottes en peau de phoque.

mattak : chair de baleine mangée par les *Inuit* et les Inuvialuit pour son goût et sa teneur en vitamine C.

Napatsi : prénom masculin traditionnel.

nodah : couguar, en slavey.

Nunavut : territoire officiel créé en 1999, qui borde les Territoires du Nord-Ouest à l'ouest, et l'Alberta, la Saskatchewan et le Manitoba au sud. Le Nunavut faisait partie auparavant des Territoires du Nord-Ouest. Il est établi comme une société distincte et reconnaît le droit de propriété chez les *Inuit*. Nunavut signifie « notre pays ». Ne pas confondre avec Nunavik qui est le Grand Nord québécois.

omble de l'Arctique : poisson qui ressemble au

saumon, connu pour sa combativité. Chaque année, il remonte le fleuve jusqu'à l'océan pour pondre. Il pèse de 1 à 15 kg. Appelée aussi omble Chevalier ou truite rouge.

panik : signifie « ma fille » en inuktitut.

Qagijuk : « celui qui est fort » en inuktitut.

qamutiik : mot *inuk* pour désigner un traîneau bas et plat.

qanuitpiit ? : l'équivalent de «comment ça va ? » en inuktitut.

qilalugaq : béluga en langue inuktitut.

quaq : viande crue et gelée.

slavey : langue des Dénés parlée dans certaines régions des Territoires du Nord-Ouest incluant Sahtu et la vallée du Mackenzie. Cette langue est parlée par les Dénés Hareskin et les Dénés des montagnes.

Talik : prénom féminin traditionnel qui signifie « bras ».

tasó : corbeau en langue slavey.

toundra : steppe de la zone arctique dont le sol est gelé en profondeur une partie de l'année, et dont la végétation est très restreinte et sans arbres.

Tsiigehtchic : communauté officiellement connue sous le nom de Arctic Red River. Elle se situe au confluent de la rivière Arctic Red et du fleuve Mackenzie. *Tsiigehtchic* signifie «embouchure de la rivière ferreuse» en Gwich'in.

Tuktoyaktuk : communauté inuvialuit sur la côte de l'océan Arctique, mer de Beaufort. Ce nom *inuk* peut être traduit ainsi, soit *tuktu*, pour « caribou », et *jaktuk*, pour « ressemble », ou « le renne qui ressemble au caribou ».

Tulita : communauté officiellement connue sous le nom de Fort Norman. Tulita signifie « là où les rivières se rencontrent » en slavey.

tuugaalik : narval en inuktitut, c'est une baleine dont la tête se prolonge par une dent en forme de corne ressemblant à celle de la licorne. On trouve le narval dans l'est de l'Arctique et au Nunavut.

ulu : couteau de femme utilisé par les *Inuit* et les Inuvialuit, en forme de demi-lune, pour apprêter et découper la viande.

umimmaq : bœuf musqué en langue inuktitut, un gros animal qui semble sortir tout droit de la préhistoire, avec une crinière pelucheuse et des cornes recourbées. Il vit à l'état sauvage et il est chassé pour sa viande.

upik : harfang des neiges en inuktitut.

Remerciements

Ce travail n'aurait pas été possible sans le concours d'un grand nombre de personnes. Merci à ma femme Carla pour tout son soutien et ses encouragements. Des remerciements tout particuliers à David et Annie Akoak, Lyall et Mary Trimble ainsi que Loretta Trimble, Angela Grandjambe, Stella Beyha, Tom Beaulieu et Betty Firth sans l'aide desquels *Napatsi* n'aurait pu voir le jour.

Table des matières

Titres disponibles dans la collection

roman jeunesse

Le défi nordique, de Diane Groulx.

Terreur dans la taïga, de Diane Groulx.

Alaku, de la rivière Koroc, de Jacques Laplante.

Ajurnamat ! On n'y peut rien !, de Daniel Beauvais.

Napatsi, de Robert Feagan.